새토

KB091945

인향문단
(창간호)

인향문단 편집위원

인향문단 회장 : 유영철
인향문단 리더 : 유승열
인향문단 총무 : 유준희
인향문단 편집장 : 방훈
인향문단 수석편집위원 : 김화선, 정명화, 김영수, 장영경
편집위원 : 김영수, 김화선, 손재연, 유영철, 유승열,
　　　　　유준희, 전기정, 장영경, 정명화, 황인설

새로운 시대를 여는 문예종합교양지
인향문단 (창간호)

초판1쇄 인쇄 | 2017년 7월 1일
초판1쇄 발행 | 2017년 7월 1일
ISBN | 978-89-6706-323-8 03810
펴낸곳 | 도서출판 그림책
주 소 | 경기도 수원시 영통구 이의동 웰빙타운로 70
전 화 | 070-4105-8439
E - mail | khbang21@naver.com
지은이 | 인향문단 편집부 외
표지디자인 | 토마토

이 책의 글과 그림의 저작권은 지은이와 그린이가 가지고 있습니다.
이 책의 일부 또는 전체에 대한 무단 복제 및 전재를 금합니다.
저자와의 합의에 의해 검인지는 생략합니다.
Published by 그림책 Co. Ltd. Printed in Korea

새로운 시대를 여는 문예종합교양지

인향문단

(창간호)

인향문단(창간호)를 내며

사랑하는 인향문단 문우 여러분!! 여러분의 애정 어린 정성에 힘입어 인향문단

이란 문단을 만들고 한 발짝 한 걸음을 내딛기 시작하였습니다. 지금은 씨앗을

한 알 한 알 심어가며 새싹을 틔우는 과정에 불과하지만 먼 미래에는 아주 웅장

한 거목으로 성장할 것을 믿어 의심치 않습니다.

이런 원조의 밑거름이 되어 주시는 스마트폰 글쓰기 동호회에서 열심히 글쓰기

를 갈고닦는 자랑스러운 문우님들이 늘 맑고 순수하고 명랑한 글쓰기를 리더님

을 비롯하여 공리님들과 함께 활발히 성장하고 있음을 자랑스럽고 고마움에 감

사드리며 개인 및 인향문단의 출판을 위해 애쓰시는 추진위원장님 및 임원진

여러분들 모두 모두 감사드리며 이로써 스글동과 인향문단의 발전을 기원합니

다.

– 인향문단 회장 초심 유영철

인향문단 축하시

- 청아 유준희

고이고이 단단하게
내 마음 깊이 숨겨놓고

나만의 세계에서 놀던
닫친 마음

이제는 여기 인향문단에
밝은 빛 받으며 꿈을 펼치리

인향문단!

모두가 한마음
토닥토닥 안아주고 보듬어서

이제는 감추어 놓았던
내 영혼 의 글에

아름다운
날개를 달아주리

인향문단(창간호)

인향문단 세계단편명작 초대

다양한 사람들의 다양한 문학 작품을 기다리고 있습니다. 인향문단의 인향처럼 인향문단은 사람냄새 물씬 풍기는 서로가 소통하고 공감할 수 있는 문단을 추구합니다.

인향문단 원고 모집

인향문단에서 다양한 분야의 작품을 모집합니다. 인향문단은 전문작가는 물론 생활 속에서 자신이 체험한 글을 진솔하게 쓰는 이름이 알려지지 않은 작가분들의 글들도 환영합니다. 앞으로 우리 문학을 풍성하게 할 여러 작가를 발굴하여 소개할 것이고 또한 같이 소통하고 공감할 수 있는 글들을 지속적으로 게재해 나갈 것입니다. 관심이 있으신 분들의 많은 투고를 바랍니다.

시·소설·수필 등 다양한 분야의 글들을 모집하고 있으니 많은 응모 바랍니다.

모집분야 : 시, 소설, 수필 등 제한없음.
대우 : 채택된 원고는 인향문단에 수록, 인향문단의 전문작가로서 대우를 해드립니다.
분량 : 시는 5편 이상, 소설은 단편 1편, 수필은 2편 이상 그리고 다른 분야는 글의 성격에 따라 적당한 분량으로 보내주시면 됩니다.
마감 : 수시모집

투고방법 : 이메일 및 인향문단 밴드를 통하여 원고 투고 가능합니다.
email : khbang21@naver.com
밴드 : 인향문단(밴드를 통하여 원고를 보내주실 분은 초대장을 보내드립니다.)
연락처 : 인향문단 편집장 방훈 010 2676 9912

기타 : 참고적으로 원고를 심사하는 시간과 그 후에 편집회의를 통하여 결정하여야 하기에 시간이 조금 소요됩니다. 그리고 인향문단의 발행은 아직까지 부정기 간행물이기에 실제 출판이 될 때까지는 많은 시간이 필요로 할 수 있습니다.

인향문단
(창간호)

값진 것과 값싼 것

어느 날 랍비가 하인에게 시장에서 가장 값진 것을 사오라는 심부름을 보냈다. 그날 하인은 혀를 사왔다. 그리고 얼마 후 랍비는 그 하인에게 이번에는 가장 값싼 것을 사오라고 했다. 하인은 이번에도 혀를 사왔다. 랍비는 하인에게 그 이유를 물었다. 그러자 하인은 이렇게 대답했다.

"그때그때 적절한 말을 골라하면 그보다 더 좋은 것이 없습니다. 하지만 적절하지 않은 말을 함부로 하는 것보다 더 나쁜 것도 없지요. 혀는 어떻게 사용하느냐에 따라 가장 값질 수도, 가장 값싼 것이 될 수도 있습니다."

- 한 마디의 말은 누군가를 죽이는 비수가 되기도 하고, 다 죽어가는 사람을 회생시키는 힘이 되기도 한다. 이렇듯 말의 힘은 무궁무진하다. 힘이 있는 말은 많은 사람들을 움직이게 할 수도 있다. 아무리 총칼로 무장한 군인도 성난 군중을 제압할 수는 없다. 하지만 좋은 말은 수많은 사람을 감동시키고 이들이 행동하는 동기가 되기도 한다. '펜은 칼보다 강하다'는 속담이 생겨난 것도 바로 이런 이유일 것이다. 또, 사악한 말과 행동을 하면 괴로움이 그 사람을 따라다니지만 선한 말과 행동을 하면 그 사람에게는 항상 행복이 따라다닌다. 그러므로 말은 행복한 삶과도 직결된다.

인향문단의 세계명시 초대

- 인향문단 편집부

희망은 날개를 가지고 있다

- 에밀리 디킨슨

희망은 날개를 가지고 있다

희망은 우리의 영혼 속에 머무르면서

비록 가사 없는 노래일지라도

결코 멈추지 않는다

거센 바람 속에서 더욱 아름답게 들리리라

바람도 괴로워하리라

하늘을 나는 작은 새를 괴롭힌 일로 해서

폭풍 속을 나는 작은 새는

많은 사람의 마음을 따듯하게 해주었는데

모든 것들이 얼어붙는 추운 나라,

저 멀리 떨어진 바다에서 그 노래를 들었다

그러나 고통 속에 있었으나

한 번이라도

빵 조각을 구걸하는 일은 하지 않았다

Dickinson, Emily Elizabeth : 1830-1886
청교도 가정에서 태어나 여자학원에 입학하였으나 중퇴하였다. 시 쓰는 일에
전념하며 평생을 독신으로 보냈다. 그녀의 시는 자연과 사랑을 배경으로 한 죽
음과 영원 등의 주제를 많이 다루었다. 그녀가 생존하던 시대에서는 그녀의 시
가 파격적인 데가 있었기 때문에 생전에는 인정을 받지 못했으나, 사후에 높이
평가받았다.

젊은 시인에게 보내는 편지

- 릴케

나무는

봄의 폭풍우 속에서도 태연하게 서서

뒤이어 여름이 오지 않을지 모른다는

걱정은 하지 않는다

나무에게 여름은 꼭 다가온다

그러나 여름은

마치 지금 영원함이 있다고 하듯이

아무런 욕심도 없는 마음으로

조용하고도 천천히 대응하는

인내심 강한 사람들에게만 다가온다

Rilke, Rainer Maria : 1875-1926

독일의 신낭만주의 시인 라이너 릴케는 사랑과 고독, 어두운 밤 또는 죽음을 즐겨 노래했다. 그는 체코의 프라하에서 출생했다. 감성적이고 사색적인 시인이며, 초기에는 강한 민요풍의 시를 주로 썼다. 후기에 독특한 작가적 개성을 확립하면서 인간의 내면을 탐구하여 인간의 근원적 고독에 대한 성찰로 실존주의적인 현대시의 선구를 이루었다. 주요작품으로는 두이노의 비가, 오르페우스에게 부치는 소네트 등이 있다.

해답

- 거투르드 스타인

해답은 없다

앞으로도

해답은 없을 것이고

지금까지도

해답은 없다

이것이

삶의 유일한 해답이리라

Stein, Gertrude : 1874-1946

미국의 여류시인. 소설가였다. 그녀는 미국의 펜실베이니아주 앨러개니에서 출생하였다. 주요저서로는 3인의 생애, 텐더 버턴스 등이 있다. 그녀는 래드클리프대학 졸업하고 1903년 런던으로 건너갔다가 파리로 옮겨 생애의 대부분을 프랑스에서 보냈다. 그녀는 소설이나 시에서 대담한 언어상의 실험을 시도했을 뿐만 아니라 새로운 예술운동의 비호자가 되었다. 많은 젊은 작가나 화가와 교우 관계를 맺었다. 앤더슨이나 헤밍웨이와의 교우를 통하여 특히 제1차 세계대전 후의 미국 문학에 미친 영향은 크다. 1951년 예일대학에서 그의 유고를 양도받아 미간 저작집 을 잇달아 출판하였다.

여 행

- 잘랄루딘 루미

여행은 힘과 사랑을

그대에게 준다

만약,

어디에도 갈 곳이 없다면

마음의 길을 따라 걸어가라

그 길은 빛이 쏟아지는 통로처럼

걸음마다 변화하는 세계

그곳을 여행할 때 그대는 변화하리라

Jalalad-dianar Rumi : 1207~1273

그는 이란의 시인이며 아프가니스탄 발흐에서 출생하였다. 주요저서로는 타브리즈의 태양시집, 정신적인 마트나비 가 있다. 그는 페르시아 문학의 신비파를 대표하는 시인이었다. 바그다드 · 메카를 거쳐 소아시아의 코니아에 이주하였으며, 1244년에 샴스 우딘에게 사사하였고, 시를 쓰는 한편 신비주의 추구에 몰두하였다. 그의 작품 정신적인 마트나비 는 700여 가지 이야기를 중심으로 수피즘의 교의 · 역사 · 전통을 노래한 것이다.

그대가 늙거든

- W. 예이츠

그대 나이 먹어

머리 희어지고 잠이 많아져

난로 앞에서 졸게 되거든 이 책을 꺼내서

천천히 읽어라, 그리고 한때 그대 눈이 지녔던
부드러운 눈매와 깊은 그늘을 꿈꾸어라

그대 기쁨에 찬 우아한 순간들을

얼마나 사랑했으며

그릇되거나 혹은 참된 사랑으로

그대 아름다움을 사랑했는지를…

그러나 어떤 이는

그대 떠도는 방랑벽을 사랑했고

그대 변한 얼굴의 슬픔을 사랑했음을…

그리고 난로의 붉게 타는 방책 앞에 몸을 굽히고

조금은 슬프게 중얼거려라

남 몰래 높은 산 오르기를 얼마나 좋아하고

그의 얼굴을 별무리 속에 감추었나 라고…

Yeats, William Butler : 1865-1939

아일랜드의 시인 · 극작가이다. 아일랜드 더블린 샌디마운트에서 출생하였다. 그의 주요저서로는 환상 등이 있다. 화가의 아들로 태어나 더블린 및 런던에서 화가가 되려고 수업하였으나 전향하여 시작에 전념하였다. 초기에는 낭만적인 주제와 몽환적인 심상을 즐겨 묘사하였다. 그의 시인으로서의 생의 중기는 대체로 실천에 중점을 두었다. 낭만적이고 신화적인 그의 시상은 이 실천으로 하여 정신적 고통을 겪게 되었다. 그의 초기 작품에서 보여주던 여성적이고 우미하던 스타일은 딱딱하고 건조한 남성적인 것으로 변화하고, 환상적이던 심상은 금속적이라 할 만큼 구체성을 지닌 심상으로 전화하였다.

일어날 일은 일어나기 마련이다

솔로몬 왕에게는 아름다운 딸이 하나 있었다. 어느 날 왕은 딸이 찢어지게 가난한 남자와 결혼하는 꿈을 꾸었다. 이때부터 왕은 깊은 시름에 빠지고 말았다. 애지중지 키운 딸을 가난뱅이에게 시집을 보내는 꿈이 현실이 될 것만 같았기 때문이다. 결국, 왕은 딸을 외딴 곳에 숨겨놓고 아무도 접근하지 못하게 해야겠다고 결심했다. 그렇게 해서 왕은 이름 없는 작은 섬에 있는 별궁에 딸을 감금하고 감시병들이 그곳을 물 샐 틈 없이 지키도록 했다. 만약 이대로라면 공주는 평생 아무도 만나지 못한 채 홀로 살 수밖에 없었을 것이다. 그러던 어느 날, 공주가 감금된 별궁 위로 사자의 시체와 함께 한 남자가 떨어졌다. 그 남자는 황량한 들판을 가로질러 여행을 하던 중 추위를 피해 죽은 사자의 속에서 잠을 자고 있었다. 그런데 커다란 새 한 마리가 그 사자의 시체를 낚아채 하늘 높이 날아올랐다가 별궁을 지날 무렵 그것을 떨어뜨렸다. 사자의 시체 속에 있다가 구사일생으로 살아난 그 남자는 그렇게 해서 공주를 만나게 되었고 두 사람은 사랑에 빠졌다.

- 무엇엔가 집착하는 것은 스스로를 구속하는 것과 다름없다. 사람이 이렇게 구속을 받기 시작하면 한 가닥의 머리카락에도 자신을 묶는 우를 범할 수 있다. 때때로 사람은 누군가에 대한 집착을 사랑이라고 착각하기도 한다. 예를 들어, 자식에 대한 지나친 애착이 집착으로 발전해 부모와 자식 모두가 불행해지는 일이 있다. 무엇엔가 집착한다는 것은 자신을 다양한 가능성으로부터 차단하고 스스로 외골수가 되는 것이다. 따라서 부모는 스스로 자식으로부터 거리를 두는 지혜가 필요하다. 자식에게 모든 것을 퍼주고 싶은 게 모든 부모의 마음이겠지만, 우리가 상상하는 것 이상으로 모든 사람은 자신의 운명의 열쇠를 갖고 있다는 점을 명심할 필요가 있다.

인향문단의 한국명시 초대

- 인향문단 편집부

진달래꽃

-김소월

나 보기가 역겨워
가실 때에는
말없이 고이 보내 드리오리다.

영변(寧邊)에 약산(藥山)
진달래꽃,
아름 따다 가실 길에 뿌리오리다.

가시는 걸음걸음
놓인 그 꽃을
사뿐히 즈려 밟고 가시옵소서.

나 보기가 역겨워
가실 때에는
죽어도 아니 눈물 흘리오리다.

김소월(金素月, 1902 - 1934) 평북 구성(龜城) 출생. 본명은 김정식(金廷湜)이지만, 호인 소월로 더 널리 알려져 있다. 오산학교 중학부를 거쳐 배재고보를 졸업하고 도쿄상대[東京商大]에 입학하였으나 관동대진재로 중퇴하고 귀국하였다. 당시 오산학교 교사였던 김억(金億)의 지도와 영향 아래 시를 쓰기 시작하였으며, 1920년에 '낭인(浪人)의 봄', '야(夜)의 우적(雨滴)', '그리워' 등을 창조(創造)에 발표하여 문단에 데뷔하였다. 이어 1922년 개벽(開闢)에 떠나는 님을 진달래로 축복하는 한국 서정시의 기념비적 작품인 '진달래꽃'을 발표하여 크게 각광받았다. 1925년 시집 진달래꽃이 간행되었으며, 그가 죽은 뒤 김억에 의해 소월시초가 1939년에 출판되었다.

서시

- 윤동주

죽는 날까지 하늘을 우러러
한 점 부끄럼이 없기를.
잎새에 이는 바람에도
나는 괴로워했다.
별을 노래하는 마음으로
모든 죽어가는 것을 사랑해야지.
그리고 나한테 주어진 길을
걸어가야겠다.

오늘밤에도 별이 바람에 스치운다.

- 시집 하늘과 바람과 별과 시, 1948

아명은 해환(海煥). 1917년에 북간도 명동촌에서 출생했다. 1925년, 명동 소학교에 입학, 1929년에 송몽규 등과 문예지 새 명동을 발간했다. 이후 용정의 은진 중학교, 평양의 숭실 중학교, 용정의 광명학원 중학부 등을 거쳐 1938년에 연희 전문학교에 입학했다. 카톨릭 소년에 '병아리', '무얼 먹고 사나', '거짓부리' 등을 발표하였고, 연희 전문학교 재학 시절에는 산문 '달을 쏘다'를 조선일보 학생란에, 동요 '산울림'을 소년지에 발표하였다. 1942년, 일본 릿쿄(立校) 대학 영문과에 입학한 뒤 가을에는 도지샤(同志社) 대학 영문과로 옮겼다. 1943년에 독립 운동에 관련된 혐의로 체포돼 1945년 후쿠오카 형무소에서 복역 중 옥사했다. 1948년에 유고 시집 하늘과 바람과 별과 시가 발간되었다.

향수(鄕愁)

- 정지용

넓은 벌 동쪽 끝으로
옛 이야기 지줄대는 실개천이 휘돌아 나가고,
얼룩백이 황소가
해설피 금빛 게으른 울음을 우는 곳,

- 그 곳이 참하 꿈엔들 잊힐 리야.

질화로에 재가 식어지면
뷔인 밭에 밤바람 소리 말을 달리고,
엷은 조름에 겨운 늙으신 아버지가
짚벼개를 돋아 고이시는 곳,

- 그 곳이 참하 꿈엔들 잊힐 리야.

흙에서 자란 내 마음
파아란 하늘 빛이 그립어
함부로 쏜 화살을 찾으려
풀섶 이슬에 함추름 휘적시던 곳,

- 그 곳이 참하 꿈엔들 잊힐 리야.

전설(傳說)바다에 춤추는 밤물결 같은

검은 귀밑머리 날리는 어린 누이와
아무러치도 않고 예쁠 것도 없는
사철 발 벗은 안해가
따가운 햇살을 등에 지고 이삭 줏던 곳,

- 그 곳이 참하 꿈엔들 잊힐 리야.

하늘에는 성근 별
알 수도 없는 모래성으로 발을 옮기고,
서리 까마귀 우지짖고 지나가는 초라한 지붕,
흐릿한 불빛에 돌아 앉어 도란도란거리는 곳,

- 그 곳이 참하 꿈엔들 잊힐 리야.

1903년에 충청북도 옥천에서 출생했다. 정지용은 참신한 이미지와 절제된 시어로 한국 현대시의 성숙에 결정적 기틀을 마련한 시인으로 평가받는다. 1918년, 휘문 고보 재학 중 박팔양 등과 함께 동인지 요람을 발간했다. 1929년에 일본 교토의 도시샤(同志社) 대학 영문과를 졸업했다. 1930년, 문학 동인지 '시문학' 동인으로 활동하고, 1933년에는 잡지 가톨릭 청년의 편집 고문을 지내고, 문학 친목 단체인 '구인회'를 결성했다. 1939년에는 문장지 추천 위원으로 있으면서 조지훈, 박두진, 박목월, 김종한, 이한직, 박남수 등을 시단에 내보냈다. 1945년에 이화 여자대학교 교수, 1946년에 조선 문학가동맹 중앙 집행위원 등을 지냈다. 1950년 납북돼 그 해 숨진 것으로 알려진다. 시집에 정지용 시집(1935), 백록담(1941), 지용 시선(1946), 정지용 전집(1988) 등이 있다.

차라리

- 한용운

님이여 오서요

오시지 아니하려면 차라리 가서요

가려다 오고

오려다 가는 것은

나에게 목숨을 빼앗고

죽음도 주지 않는 것입니다

님이여

나를 책망하려거든

차라리 큰 소리로 말씀하여주서요

침묵으로 책망하지 말고

침묵으로 책망하는 것은

아픈 마음을 얼음 바늘로 찌르는 것입니다

님이여

나를 아니 보려거든

차라리 눈을 돌려서 감으셔요

흐르는 곁눈으로 흘겨보지 마셔요

곁눈으로 흘겨보는 것은

사랑의 보자기에

가시의 선물을 싸서 주는 것입니다

충남 출생. 승려. 시인. 독립 운동가. 민족대표 33인중 한 사람. 이름은 봉완(奉玩), 법명은 용운. 호는 만해(萬海). 1896년에 동학 운동에 가담했다가 실패하자 설악산 오세암에 피신한 것이 인연이 되어 불문에 귀의하여 1905년에 승려가 되었다. 저서로는 불교대전, 님의 침묵, 흑풍등이 있다. 불교적인 세계관과 깊은 명상에서 우러나온 그의 시는 고도의 은유법을 써서 일제에 저항하는 민족 정신을 나타낸 것으로 높이 평가되고 있다. 1962년 대한 민국 건국 공로 훈장이 수여되었다.

바다와 나비

- 김기림

아모도 그에게 수심(水深)을 일러 준 일이 없기에
힌 나비는 도모지 바다가 무섭지 않다.

청무우밭인가 해서 나려 갔다가는
어린 날개가 물결에 저러서
공주처럼 지처서 도라온다.

삼월달 바다가 꽃이 피지 않어서 서거푼
나비 허리에 새파란 초생달이 시리다.
 - 여성, 193.4

호는 편석촌(片石村)이고 본명은 인손(仁孫)이다. 1908년에 함경북도 학성에서 출생하였고 1921년에 보성 고보 중퇴 후 도일, 릿쿄(立敎) 중학에 편입하였다. 1926년에 니혼(日本) 대학 문학예술과에 입학하였고, 졸업 후 조선일보 기자를 지냈다. 1931년 신동아에 '고대(苦待)', '날개만 돋치면'을 발표하여 등단하였다. 1933년에 이효석, 조용만, 박태원 등과 '구인회(九人會)'를 창립하였고 1935년 장시 '기상도(氣象圖)'를 발표하였다. 1945년, '조선 문학가동맹'의 조직 활동을 주도하였고, 1950년 전쟁 중에 납북되었다. 시집에 기상도(1936), 태양의 풍속 (1939), 바다와 나비(1946), 새 노래(1948)가 있다.

남자가 임금님에서 원숭이가 되기까지

남자가 갓난아기였을 때, 그는 임금님과 다르지 않다. 모든 사람이 그를 보며 즐거워하고, 그의 기분을 맞추기 위해 애쓰기 때문이다. 두 살이 되었을 때, 그는 돼지와 다를 바 없다. 아무것이나 주어먹고 아무 곳에서나 뒹굴기 때문이다. 그가 열 살이 되면 그는 마치 새끼 양과 같다. 그는 친구들과 정겹게 웃고 떠들며 이곳저곳을 뛰어다닌다. 그가 열여덟 살이 되면 마치 말처럼 힘이 세져 이를 뽐내고 싶어 한다. 그러나 그가 나이가 더 들어 결혼을 하게 되면 당나귀와 같은 처지가 된다. 가족을 부양하기 위해 힘겹게 일해야 하기 때문이다. 그의 중년은 개에 비유할 수 있다. 가정을 책임지기 위해 사람들에게 관심과 호의를 구걸해야 하기 때문이다. 마침내, 그가 노인이 되면 그는 원숭이와 같다. 그의 행동은 마치 어린 아이와 같지만 관심을 기울이는 사람은 없다.

- 눈앞의 욕망을 좇으며 살기 바쁘다가도 누구에게나 한 번쯤 삶을 되돌아보는 순간이 있다. 그리고 매순간 중요하고 가장 원했던 것을 선택하며 살았다 하더라도 누구나 회한을 느끼기 마련이다. 하지만 그런 회한을 느낄 새도 없이 삶은 인간이 앞을 향해 내달리도록 강요한다. 그래서 덴마크의 철학자 쇠렌 키르케고르(Seren Kierkegaard)는 이렇게 탄식했다. "뒤를 돌아볼 때 인생은 비로소 이해되지만, 앞만을 보며 살 수밖에 없다"라고. 또, 세계 최고의 희극배우였던 찰리 채플린(Charlie Chaplin)은 "인생은 가까이서 보면 비극이지만, 멀리서 보면 코미디다"라는 말을 남기기도 했다. 만약 우리가 인생이라는 코미디를 보며 웃는다면 그 웃음의 의미는 자조일까 아니면, 만족일까?

인향문단시인 작품선

– 김영수, 손재연, 유영철, 유준희, 전기정, 장영경, 정명화, 황인설

김영수

충남 아산에서 태어나 경기도 남양주에서 살고 있습니다. 문학이 좋고
시를 좋아 하다보니 어느새 꾸준하게 시를 끄적끄적하는 사람이 되었
습니다. 현재는 대한상사에 근무 하고 있습니다

연정

중년의 사랑은
식어 있는 가슴에
작은 모닥불을 피어 놓고

훈훈한 감성을
그리워하며 사랑하는 연정
한번쯤
그리워합니다

마지막이 될 수도 있는
작은 사랑을 한번 꿈꾸어 보고

한낮에 햇빛처럼
잔잔한 고운 빛깔로

맑고 고운 감성으로 취해
봤으면 좋겠다는 생각을 해봅니다

옹기종기

여기저기 옹기종기 모여
인생사
허심탄회한 소리가
질벅하게 들려온다

애환을 술 한 잔으로 달래고
쓰디쓴 맛을 목줄기로 넘긴다

내
그리운 이여
라일락꽃 향기가
코끝에 살며시 다가온 향에 취하여

오늘도 꽃에 취했나
사람들로 취했나
술로 취했나

5월의 여왕
그대 이름은 라일락 닮은 여인처럼
잔잔하면서도 우아한 꽃으로
햇살에 영롱하게 빛나는 삶으로

옹기종기 모여
오늘도 축배의 잔을 듭니다

신혼시절

조금만 단칸방 부엌에서
곤로에 불붙이고
미역을 데친다

플라스틱 바가지에
물미역을 넣고
참기름 넣고
소금을 넣어서
조물조물 무쳐서 둘이 얼굴을 본다

바가지 앞에 머리 맞대고
두 이마가 닿으면서
고개를 푹 숙이고

먹는 맛이란 신혼재미만큼
알콩달콩한 맛이 최고이더이다

방 한 칸에 부엌 한 칸
좁은 공간이었지만

낮에는 해처럼
밤에는 달처럼

사랑하고 위로하면서
서로 아끼고 위해 주고

늘
묵은지 맛처럼 은은한 향을 내면서
살어 봅시다

선상의 리듬

선상위에는
갈매기들은
이리저리 왔다갔다하며

선남선녀들이
리듬타고
박자타고
돌리고 돌리고

한세상
한 바퀴 돌아보자

흥에 겨워 봄바람에 나부끼고
처얼썩 처얼썩 부딪히는 물결소리
봄바람이 뺨을 때리는구나

봄날

봄바람 살살 불더니
봄꽃들이 여기저기 꽃망울을 터트리고
꽃단장 한다고 야단법석이듯이

봄바람에 한 잎 두 잎 떨어지고
이파리들이 하나둘씩 눈인사를 하고

산에 들에는
봄나물들이 뾰족이 인사하는 봄
봄바람이 이제 인사를 합니다

여름에게요
봄나물도 제대로 못 먹었는데
여름과 손잡고

내늦은
다음에 올 봄날을 기대 합니다

뭉게구름

하늘은 푸르게 푸르게 흘러가고
뭉게구름은 빙그레 미소를 띠며
두리둥실 어깨동무 하면서 나란히 가는데

옛 추억은 스멀스멀 올라오고
머리속은 뱅뱅 돌고
생각은 저쪽 창 너머로 넘어 가는데

한낮의 햇살은 따스함을 주고
살짝 부는 바람에 이파리들은 춤을 추고
꽃잎들도 하나둘씩 바람과 사랑을 속삭인다

바둑

흰 돌과 검은 돌이 앞서기 뒤서기
선을 넘나들며 곁눈질 한다

니가 먼저니
내가 먼저니 하면서

두 눈동자들이 신경 난타전이다
훈수 두는 양쪽 눈들이 곁동냥
시선이 예사롭지 않은 눈매로
빙글빙글 시계추처럼 왔다갔다 한다

흰 돌과 검은 돌이 땅따먹기 시합이 시작되었다
흰 돌이 검은 돌을 잡아 옆에 두고
검은 돌이 흰 돌을 잡아 옆에 두고
누가 이겼나

빈칸을 세어 본다
하나 둘 셋

시간을 죽이는 싸움인지
시간과 대화가 길어진다

꽃잎

하얀 꽃잎들이 떨어져서
그리움을 주듯

이파리들은 연녹색으로
한들한들 봄빛에 더 빛나는 오후
연초록사이 핀 꽃은 어여쁜 천사

하늘은 밝고 높고 푸르르니
마음까지 설렘을 느끼게 하는

이파리들의 작은 떨림은
봄빛이 상큼함을 준다

저녁노을에 흐트러진 꽃잎이
애처로워 보인다

항아리

작고 예쁜 항아리가
구석진 곳에서 나를 쳐다본다

꺼내 달라고
먼지를 뒤집어쓰고

아련한 눈빛으로 쳐다본다
작고 앙증맞은 작은 항아리를
옹기종기 모여 있는 항아리들 곁으로

양지바른 곳 제자리에 놓아서
반짝반짝 빛나게 하리라

문학은 거울과 같다. 인생과 자연······
모든 것이 이 거울 속에 반영되고 있다.
얼른 인생을 알자면 문학을 보는 것이 첩경이다.
한두 편 작품에서 벌써 볼 수 있다.
그 작품이 진솔(眞率)할수록 그러하다.
- 계용묵 桂鎔默 / 탐라점경초 耽羅點景抄

손재연

우리의 삶이 시가 될 수 있다면 …… 나는 그래서 생활에서 일어났던 일들을 시로 많이 쓴다. 지금도 나이를 어느 정도 먹었지만 더 나이를 먹어서도 지금 세상을 바라보는 마음을 잃지 않기를 바란다. 그냥 얻어 지는 것이 아니라 노력을 해야 얻을 수 있다는 것을 안다. 삶이 시가 되는 날까지 노력하고 노력할 수 있도록 살아가야겠다.

세월

예전에 나더러 아가씨라
부르기에 난 화들짝 놀랬었지

결혼을 했더니 아줌마라고
부르기에 충격에 가깝게 ······

쇼핑을 가면 언니에서
이모 소리가 들리더니

이젠 어머니라고 들리기 시작
엄마께 말씀드렸더니

더 지나면 할머니의
소리가 곧 들리면서

높임의 어르신 소리가
들린다고 말씀하신다

"엄마 엄마의 마음은 예전이나 지금이나 똑같죠?"

"응 마음은 그때나 지금이나 똑같지"

나의 출근길

아침에 눈을 뜨면
갈곳이 있다는것이

남들이 가는
아침 출근길에

나 자신도 함께
참여할수있다는것이

얼마나 행복한 발걸음인지

보행자
신호 파랑불이 깜빡거리며
눈웃음 칠때에

나는 나의 일터이자
나의 놀이터인 그곳을 향하여

오늘도
빠른걸음을 재촉한다

사랑스런 우리아기

생글생글 우리아기
무럭무럭 자라거라
언니야도 축복하고
오빠야도 축복하네

방글방글 우리아기
아름답게 자라거라
엄마야도 축복하고
아빠야도 축복하네

살랑살랑 우리아기
행복하게 자라거라
할아버지 축복하고
할머니도 축복하네

- 손녀 서유를 바라보면서

추억

울아부지는 말씀하셨다 울 엄마가 참 예쁘다고

오늘도 말씀을 하신다 엄마가 참 예쁘시다고

그때 나는 물어보았지

"아부지예 아부지 차려 입고 나가시면 참 괜찮으시고

아부지가 엄마 느~을 예쁘다고 말씀하시는데요

요노무 딸은 와 이렇게 몬 생깃습니까?"

그러자 울아부지 정색을 하시면서

"아이다 니 억수로 예쁘다"

하시면서 깜짝 놀라신 표정을 지으신다
아이고 우스워라 우스워 ^^

- 지금은 안 계신 아버지를 추억하면서

정겨움

도시빌딩 사이
넓은 대로를 지나

옹기종기 주택가
자박자박 발자욱소리

내 동생들이
놀고 있을 것 같은

문 열고 들어가면
내 아버지가 내 엄마가

반겨 주실 것 같은
정겨운 주택가

주택가를 걷는 나의
발걸음은 오늘도 참 포근하다

아버지 나의 아버지

이름만 불러도 맺히는 뿌연 이슬
아들이 볼세라 딴 짓하며 눈물짓네

홀로 떨어진 이 딸이 애처로워
천릿길도 마다 않고 오신 아버지

노환으로 누워계실 때
찾아주는 딸이 고맙다며
못 가르치신 걸 안타까워하시던 아버지

"내가 널……로 키웠어야 했는데……!!"
힘없으신 눈길로 안타까워하시는 모습이
너무도 아프게 가여워서
"아부지, 내는 공부를 몬해짜나요."
이 딸은 아버지께 위로 말씀 드렸답니다.

"아니다……"
아버지 나의 아버지
그 말씀 한 마디로 이 딸은
모든 걸 보상 받았답니다.

아버지. 편히 쉬셔요.

우리아기

오늘도 우리 아기는 그네를 탄다

행복 바이러스를 날리면서

어디에서 요런 천사가 날아 왔을꼬

세상살이의 작은 날갯짓 할 때

힘이 들거든 쉬어 가렴으나

너의 뒤에 느~을 있어 주고파

오늘도 사랑의 마음을 심네

- 민준이와 예영이를 바라보면서

향기

우리 집
베란다에
푸르던 허브

요앞 전
추위에
얼어 죽어버렸음에도

향긋한
허브향을
오래도록 날린다

그럼 난 뭐지
난 이다음에
무엇을 남기고 갈 수 있을까

마음의창

딸네 앞에서
따뜻한 친정엄마로 남고 싶지만
나의 눈은 말을 하네
괴로움이 있다는 걸

동생들 앞에서
평온한 언니 누나로 남고 싶지만
나의 눈은 말을 하네
근심이 있다는 걸

동창생들 앞에서
쾌활한 친구로 남고 싶지만
나의 눈은 말을 하네
삶의 무게가 무겁다는 걸

글쓰기가 내영혼의 창이 되어
내 마음의 나래를 펴고 날으니
나의 눈은 말을 하네
평안을 누리고 있다는 걸

스글동 식구

만난 적이 없는 우리는
서로 마음이 비춰이고
만난 적이 없는 우리는 뜻이 통하네

적막한밤 차소리도
자장가 삼아 세상이 단잠이 든 듯이
마음으로 서로의 안부를······

손잡아 보고 싶은
형제지간보다도 연인지간 보다도
살가운 마음에

이 밤
행복을 빌어드리고 싶어라

문학은 금싸라기를 고르듯이
선택된 생활 경험의 표현이다.
고도로 압축되어 있어 그 내용의 농도가 진하다.
짧은 시간에 우리는 시인이나 소설가의 눈을 통하여
인생의 다양한 면을 맛볼 수 있다.
마음의 안정을 잃지 않으면서
침통한 비극을 체험할 수도 있다.
- 피천득 皮千得 / 순례 巡禮

유영철

저는 충청남도 아산시 용화동에서 태어나 소년시절을 보내고 청년시절 커다란 꿈을안고 서울로 상경하여 서울특별시동작구에 둥지를 틀고 있습니다. 이제 삶의 쉼표 하나 찍어놓고 젊어서 미루었던 글을 쓰기 시작하였습니다. 지나간 추억들을 회상하며 글을 쓰고, 오늘을 살아가는 삶을 기록하며 글을 쓰고, 또 미래에 남기고 싶은 글을 쓰며 오늘도 삶의 현장에서 젊은이 못지않게 삶을 열정적으로 살아가고 있습니다.

꽃

어여삐 피어나는 꽃
그 속에서도

이글거리는 태양 빛
그 속에서도

알록달록한 오색단풍
그 속에서도

함박눈 소복이 쌓인
그 눈 속 에서도

항상 피어있는 꽃은
당신의 웃음꽃이랍니다

거울과 그림자

매일매일 깨끗이 닦고 들여다보자

보석 같은 거울을 가슴속에 품고
항상 들여다보자

동녘하늘 태양이 떠오를 때 그림자를 보자

햇볕이 밝아지면 선명해지는 내 그림자

허리 숙여 자세히 들여다보자
어느 한 곳 각진 곳은 없는지

추위에 떠는 미생물을 가리고 있지는 않은지
해지기 전에 꼼꼼히 살펴보자

캄캄한 밤처럼
나를 봐주는 눈빛이 없으면
거울과 그림자도 찾아볼 수 없으니

남의 눈빛이 있어야 내가 있고
그 빛으로 내가 살 수 있다는 것을
잊어서는 안 될 것이다

안개

겨울 끝자락 강가에
모락모락 피어나는
새벽 안개

겨울이 다 가기도 전에
봄이 오는 길목 앞

환절기라는 사잇계절
틈바구니 속에서 봄꽃보다
바삐바삐 피어나고 있구나

항상 그러하듯이
사잇계절에만 볼 수 있는
물안개

누가 볼까 부끄러워
새벽에만 피었다가
해님이 떠오르니

맑은 이슬이 되어
풀잎에 맺어놓고
살며시
자리를 감추고 있구나

말

눈 밑에 콧구멍
누가 이 구멍을
막을 수 있으랴

코밑에 가로 입
누가 그 입을
막을 수 있으랴

입으로 말을 전하는 것은
실수가 있을 수 있어도

가슴으로 전하는 마음은
실수가 있을 수 없다

경청하는 말은 존경을 낳고
수다스러운 말은 짜증을 낳는다

낚싯바늘에 낚이는 물고기는
입으로 낚이며

말을 많이 하는 사람은
입으로 엮일 것이다

봄이 오는 모습

아직 캄캄한 새벽
뒷동산 너머로

봄바람이 살금살금 숨죽이며
집집이 침입을 시도하다

마을 길 지키는 파수꾼 가로등
오는 봄 즐겁게 맞이하고 있으니

새벽에 놀란 수탉 목청 높여
꼭 끼 오~ 꼭 끼 오~
농민들을 깨우고

동녘 하늘은 아직도 어두운데
마을길은 이미 벌써 환해지고

비닐하우스도 너울너울 춤을 추며
흥겨웁게 반겨주고 있구나

입학식

병아리들이 입학 하는 날
그들의 웃음소리와
재잘대는 투명한 목소리

그때 그 시절 상기해 보니
잔잔한 미소가 입가를
맴돌고

다시 갈 수 없는 그 자리
지나간 시절들

다시 갈 수 없기요
아쉬움만 남기고

우리의 밝은 미래를
가슴속 깊이에 담아놓고

희망찬 출근 발걸음에
가속을 붙여본다

광화문

경복궁의 정문
왕권의 존엄을 알리는
궁궐의 얼굴 앞에

한 사람 두 사람
누구는 촛불을 들고

삼삼오오
누구는 태극기를 들었다

몇 시간이 지났나
인파가 꽉꽉 들어찬다

공기는 나빠지기 시작했고
도시는 어지럽기 그지없다

한라산의 그 숲은
잡초에서 고목까지

꽃과 나비가 꽉꽉 들어차도
공기는 신선하며 자태는 아름답건만

그
숲의 질서가 그립구나

중년의 오늘

봄
여름
가을
겨울
이 사계절

어느 하나 가리지 않고
앞만 보고 달려가다

숨이 목까지 차올라
하늘 한번 깨어 물고

가쁜 숨에 토해보니
붉은 노을 중년일세

초록의 꿈

긴긴 겨울
꽁꽁 얼어붙은
캄캄한 땅속

초록의 꿈을 안은
작은 씨앗은

꼬물꼬물 몸부림치며
꿈을 펼칠 그날을 위해
하얀 꿈을 키우고

파란 정열을 가지고
빨간 열정으로
노란 기다림에
초록의 날갯짓을
꿈꾸며

따사로운 햇살 아래
노란 떡잎이 기지개를 켜본다

씨앗

씨앗
한 알 한 알
귀하지 않은 것이
어디 있겠는가

그 속을
한 겹 두 겹
들여다보면
신비한 알갱이다

결실
신비한 알갱이를
한 겹 두 겹 덮어주고

그 겉을 새살로 덮어주면
속살이 되고

그 속살을 덮고
또 덮으면
껍질이 되어
결실을 맺는다

씨앗과 결실은
각자 다른
하나이다

인향문단 첫 출간은
스글동 자매밴드에서 열심히 노력하는
문우님들과 우정을 같이하고 좋은 글을 공유하며
순수한 마음으로 서로서로 존경하고
사랑하는 마음으로 이루어낸 값진 결실입니다.
인향문단 첫 호를 출간하며
지금은 비록 작고 조금은 부족함으로 출발을 하지만
미래에는 더욱더 발전하여 많은 등단 작가를 배출하고
많은 시인들이 인향문단에서 배출될 것을 기대하며
그렇게 될 것이라고 믿습니다.
- 초심 유영철

유준희

나는 충남 천안 끝자락의 산골 마을에서 나고 자랐다. 그다지 높지는 않지만 골이 깊은 개동산과 아주 붉은 황토집 뒤의 소나무 숲은 내 소꿉 놀이터였다. 나의 마음을 글로 표현하고 싶었다. 30십 여리의 등교길에서 맞이하는 산과 들을 난 무척 좋아했다. 혼자 독백도 하고 즉흥시도 짓고 언젠간 나도 시집을 내야지 하며 꿈을 꾸어온 그날이 바로 여기에 있었다

회상

이렇게 햇살 좋은 날엔
네가 보고 싶다

이렇게 들판을 거니는 날엔
네가 보고 싶다

논두렁 아지랑이 피어오르는 날엔
네가 보고 싶고

이렇게 봄바람 내 곁에 머무는 날엔
네가 많이 보고 싶다

멀리 기차가 지나가는 것만 봐도
네가 보고 싶다

너를 생각할 때면 언제나
그 자리에 늘 있는 것 같아 행복하다

어느 찻집

강물처럼
이름이 여유롭다
나도 모르게
미끄러지듯
드르륵
문을 열고 들어간다

아늑한 분위기에
고요한 음악이 흘러나오고
착하게 생긴
바리스타 여인이 반긴다

손님이 없다
밖에서 보이는
무거운 분위기와는 좀 달랐다

또 다른 하나

채 1분도 안 되어 나오는
종이컵에 달랑 배달되는
아메리카노
왠지 가볍고 쓸쓸한 찻잔
혼자인 나
더 쓸쓸해 보인다

맛은 어떨까
의외다 바라던 맛
커피다운 커피 맛이다
겉만 보고 판단하지 말자

마음 놓고 여유로운 시간을
즐기려 들른 집
오늘은 내 마음의집

20분이 지나자
약속이나 한 듯
둘이 셋이 둘이 셋이
들어차고
와자지껄 내 자랑에 바쁘다

이것이 사는 재미
지루하지 않은 시간이다

그리움

망망대해 홀로 있는 배야
파란 물결
억센 바람
내 님은 어느 곳에 모셔놓고 오시느뇨

묵묵히 그리움 끌어안은 너
푸른 물결 위
청량한 바람
님 소식 한가득 싣고 오시는가

이제는 눈가에 아지랑이 피어나고
가물가물
멀리서 보이는 듯
손 흔드는
늙은 아낙이어라

잡히지 않는 것

기쁘면서도
괜스레 외로움이 밀려오는 건

기쁘면서도
허전함이 지배하는 건

기쁘면서도
마음 밑바닥부터 스며드는 허함은

기쁨이면서도
왠지 쓸쓸함에 몸을 떠는 건

기쁨이면서도
보이지 않는 허무함에 빠져드는 건

난 이렇게 채워지지 않는
무언의 아픔이 마음속 깊이
잠재하고 있었다.

**동창들 만나러 가기 직전
즐겁기는 한데 울고 있었다

늦은봄 밤정취

여름에 내어주는
봄의 여운을
깊어가는
이 밤의 운치가 말해준다

못자리 물 논에 얼비치는
저 건너 빌딩

그 빌딩 숲속
뛰어노는 개구리들의
노랫소리가
한결 가까이에 있다

차 - 암 고요하고
운치 있는 밤이다

밤이슬 옷깃에 내려오니
이제는 들어가야 할 시간

세월이 않고 가는 것

세월 따라 변하는 건
면역이 떨어집니다
세월 따라 변하는 건
마음이 약해집니다
세월 따라 변하는 건
노여움을 잘 탑니다
세월 따라 변하는 건
눈물이 많아집니다
세월 따라 변하는 건
의욕이 사라집니다
세월 따라 변하는 건
누군가를 그리워합니다

이렇게 변하고 있는
내가 그 속에 있었음에
이미 마음은 외로워
어딘가를 또는 누군가를
찾아 헤매는지도 모르겠으니

예전엔 잘 체하지 않고 몸도 맘도 건강했는데
한마디 말에 체하고 한 수저의 음식에도 체하여
어찌할 줄 모르고 절절매고 있는 자신을 보며.

봄바람

덜컹덜컹
아까부터 바람이
깨우는 소리
오늘은 봄바람이
친구 하자 하려나 보다

어제부터 오시던
봄비는 멈추었는가
목도리 둘둘
방어막이 하려느냐
그래도 봄이려니
화사하게 웃어줘야지

연민

유난히 아픈 날
이 아픔 눈물 되어
가슴으로 흘러내립니다

가슴이 터질 듯이 아픕니다
설움이 치밀어
목구멍으로 토해내고

한 알 한 알
평안의 알을 모으기로 합니다
어느 날 한 번에 삼켜 버릴까

삶은 아픔이며 연민입니다
가슴 시리게 밀려오는 연민
내 힘으로 어찌할 수 없는
가녀린 사랑인가 봅니다

별

무수히 별빛이 쏟아지는 거리
밤이 깊을수록
별은 더욱 초롱초롱
빛을 모으고

헤드라이트 빛이
무색하게
차가운 밤바람도
잠시 별님 이야기 귀 기울일새

저만치 빨강 파랑 신호등
바뀌는 것도 모른 채
넋을 잃고 밤하늘만
올려다보네

때맞추어 별똥별 하나
쌩하니 금 긋고 지나는 곳
그곳이 어디일까
영혼 없는 바람처럼
찾아 헤매네

밤에 떠난 열차

어둠이 내린 밤
서해로 가는 열차는
기적 소리도 없이
도심을 빠져나간다
봄눈이 바람에 날려
차창에 부딪치고
천안의 끝자락에
회오리바람을 일으키며
짧은 여운을 남긴 체
열차는 떠나가 버렸다

생각을 저장하고 보여줄 수 있어
공감하고 안아줄 수 있는 곳,
이런 곳 있어 위로받고 사네.
슬픔도 기쁨도 나눌 수 있는 마음의 벗들 있어
어쩜 오늘을 지탱하는지 모릅니다.
마음을 열어놓고
나를 들여다보려고 이곳에 글을 씁니다.
공감하고 다독여주고 그런 사랑의 마음이 있어
차분해짐을 느끼고 다시 힘을 내게 되네요.
항상 감사하는 마음으로 이곳에 들릅니다.
- 청아 유준희

장영경

바다와 산 푸른 하늘 아래 맑은 공기가 풍부하게 숨을 쉬는 아름다운 관광의 도시(강원도 속초시)에 태어났으며 고등학교를 졸업하고 젊은 시절을 지나 중년의 지금도 속초에서 살고 있습니다. 서로에게 공감을 일으키고 위로와 희망을 던지는 아름다운 글쓰기를 사랑합니다. 현실의 삶 속에 일어나는 희로애락을 표현하고 한 모금의 커피 속에 일상의 느낌을 표현하고 여러 가지 글쓰기 맛을 표현하고 싶은 평범한 54세 주부입니다

기다리는 봄

눈부신 햇살 줄에
봄이
걸려 있습니다

빨리 온다는
약속은 없었지만
오라 해도
서둘러 오지 않겠지만

혹시라도
오시는 길
기다리지 않으면
서운하다 할까 봐

봄님
포옹 마중에
설레인 마음 안고
탄생을
기다립니다

얄미운 겨울 끝자락
한일 다하는 자랑질에
오시는 길
넘어지지 마시고

끝 사랑 겨울이

실실 뿌려놓는
꽃샘바람에
접시지 마시고

한발 두발 살살 밟으며
피는 꽃에 날갯짓하는
봄나비 이쁘게 달고
우리 곁으로 오소서

하늘과 바다

먼 산에서
바라보는
하늘과 바다

신비스러움에
말문을 닫고
감동을 담는구나

하늘이랑 바다랑
너무 사랑해서
껴안을 듯 하는구나

높은 하늘이
낮은 바다를 품으니

낮은 바다가
높은 하늘을 품으니

하늘과 바다
바다와 하늘이는

서로 떨어질 수 없는
서로 절친 이여라

된장찌개

구수한 된장찌개에
엄마의 냄새가 풍겨 나온다

보글보글 엄마의 정성이
가득 담긴 된장찌개

자식들 생각하며 거친 손으로
짚에 메주 묶어 한쪽 지붕 아래 걸어 놓으시고

집안 행사인 양 좋은 날 잡아
구수한 콩 된장을 분주하게 만드신다

따스한 엄마의 손길에
햇빛 받아 반질반질하게
윤기 나는 장독 안에
짭조름하고 맛깔 나는 된장

자식들 줄 욕심에 힘들어
하실 줄도 모르신다

아들딸 맛나게 먹으라고
넉넉하게 야무지게 넣어서
자식들한테 건네주시고

힘듦 줄 모르는 거친 손에

정성 듬뿍 담긴 엄마표 된장

예전에 엄마가 끓여 주시던
엄마표 된장찌개가 참 그립고
먹고 싶습니다

철이 없어 그때는 몰랐습니다
당연히 엄마는 그래야
하는 줄만 알았습니다

엄마에 그 모든 것 하나하나가
뼈저리게 그립고 가슴 아프도록
그때가 생각납니다

된장찌개 하나에 밀려드는
엄마의 깊은 생각에
슬픔 앞세워 울컥하는
날입니다

잠 못 드는 밤

미워하지 말자

커피는
향기만 냈을 뿐

그 유혹에 빠져버린
내가 바보인 거야

정해진 알갱이만
녹여야 한다는 걸 알면서

삼켜버린
내가 바보인 거야

별빛만 속삭이는
연탄 같은 밤

꿈과 멀어진
백지장 같은 하얀 밤

이슬 먹은
새벽종을 기다리며

깊은 침묵에
눈꺼풀만 고생이네

마음자리에 계신 어머니

세상이라 이름 붙여진
그 어느 곳에도

마주 보고 함께 할 수 있는
자리는 아무 데도 없습니다

볼 수도 없습니다
갈 수도 없습니다

내 마음에서만 느끼는
내 어머니입니다

세상에 보이지 않는
가슴 속 깊은 자리

초 한 자루 켜 놓고
그리워 불러 봅니다

한 번만이라도
뵙고 싶습니다. 어머니

봄 손님

똑똑
누구세요 ?

봄 손님
오셨습니다

햇살 품은 손짓에
대문 열어 놓으시고

살랑이는 치맛자락에
바람 타고 오셨습니다

아지랑이 꼬물꼬물
아가처럼 올라오시고

새싹 초록이 오르고
쑥이랑 냉이 담을 때

졸음 향기 풍기며
하품 달고 오셨습니다

커피 맛은 달랐습니다

커피 맛은
날씨에 따라 달랐습니다
커피 맛은
기분에 따라 달랐습니다
커피 맛은
계절에 따라 달랐습니다

커피 맛은 그대로인데
계절과 날씨
그날의 기분에 따라
맛은 조금씩 달랐습니다

기쁜 날 마시는 커피는
마음에 엔돌핀 넘치는
달달한 행복 맛입니다

슬픈 날 마시는 커피는
가슴 한편 저며 드는
찝찔한 눈물 맛입니다

비 오는 날 마시는 커피는
아련 속에 한사람 떠올리는
씁쓸한 그리운 맛입니다

눈 오는 날 마시는 커피는
펄펄 날리는 눈송이 보면서

사랑하는 임 생각하는
달콤한 사랑 맛입니다

매일 매일 마시는
커피 맛은 그대로인데

그날그날 분위기에 따라
순간순간 컨디션에 따라

마시는 맛과 풍기는 향기는
조금씩 달랐습니다

산에 오르다

손에 물병 하나 지고
산에 오른다

발아래는
흙 땅에 촉촉한 기운을 들이고
머리 위에는
푸른 하늘에 맑은 기운을 들이고

나 홀로 걷는 산행길
신선한 산소 공급과 싱그런 풀잎
내 안에 봄을 맛있게 들인다

흥얼흥얼 콧노래
봄 햇살에 내 몸을 맡긴 채
움직이는 걸음 힘들면
나 홀로 벤치에 앉아
바라보며 무한 생각
날갯짓에 시간을 먹는다

산에 맑은 정기를 받아
내 안에 심기 불편한 마음
조금은 훌훌 털어버리고

누구랑도 함께 아닌
쉬어가는 벤치에 나 홀로 앉아

봄 냄새 맡으며 산소를 들이며
숨을 크게 쉬어 본다
속세에 찌든 육신
투석을 하듯 깨끗한 힐링에
세포 속이 좋아라 한다

헐떡이는 거친 숨소리
더디게 옮겨지는 발걸음
하늘이 알고 땅이 알고
내 몸은 정직하게
숨 막히게 정상을 오른다

혼자 가도 좋은 산
둘이 가도 좋은 산
셋이 가도 좋은 산

일 년 만에 찾아가도
말없이 나를 받아주는
내 어머니와도 같은 포근한
산이다

새봄이 오는 땅에
새봄이 오는 하늘에
새로운 기운을 받으며
내일에 새로운 다짐
내일에 새로운 에너지

나 홀로 정상에서
내려 보는 진정한 맛이
달달한 꿀맛이다

산은 우리에게
속세에서는 알 수 없는
진정 무언가를 알게 하는
깨달음을 주기도 한다

정상에서 바라보는
멋진 풍경 홀딱 반했지만
모든 걸 뒤로하고 내려놓고
다시 현실로 내려간다

비우고 털고 새로 담은 마음
한결 가벼운 상쾌함
아름다운 봄날 속에
오늘입니다

그립습니다

뚫어지라 바라본 햇살에
필름 지나듯 스치는 그리움
마음 달래려는지
햇살 줄에 널린 하얀 토닥이
깊은 살 속을 비집고 파고든다

저 높이 펼쳐져 있는
푸른 하늘도 그대로이고
째깍째깍 돌아가는
시곗바늘의 세상살이도
그대로이고
사진 속에 미소 짓고 있는
당신의 모습도 그대로입니다

꼭 어떤 장소에 계실 것만
같습니다
이렇게
버티고 서 계시는
모습이 또렷하신데
만질 수도, 만날 수도 없으니

깊은 곳에 고여 든 슬픔
선명한 사진 자리에
그리움 가득한 눈물이
또르르 떨어집니다

하루가 멀다 따뜻한 죽을 품고
당신 곁에서 수발하던
그때가 무척이나 그립습니다

빠른 세월 앞에
가슴 깊이 묻어 든 아린 마음
반짝거리는 햇살 그림 아래
자꾸만, 자꾸만 아른거려
오늘도 몸서리치게 그립습니다

버리면서 살자

소중한 건 무엇이고
버릴 것은 무엇인가?

다 소중하다고
버리지 못하고
욕심 많게 끌어안고
담아두기만 했다

잡동사니 무엇이든
묵히고 담고 살았다

오래도록 담아놓고 살아보니
무엇이 담겨 있는지
기억조차 없을 때가 많다

중년의 삶
이제부터는
조금씩 덜어내는
조금씩 비워내는
헐렁한 환경에서 살아보자

담으려고만 하지 말고
가지려고만 하지 말고
하나둘씩 빼내는
하나둘씩 버리는
단순한 삶을 살기로 하자.

글을 쓰면 기분이 좋아진다.
글을 씀으로써 마음이 힐링 된다
글쓰기란 가슴에서 느끼는 대로
머리에서 나오는 대로
마음에서 끌리는 대로 생각을 쓰다 보면
내 마음도 치유가 되고 행복해진다
글을 쓴다는 건 아무래도 쓸쓸하고 허전하여
글로써 마음을 달래보려는 나만의 만족이기도 하다.
글이란 잘 쓰고 못 쓰고 따로 없다
내 마음속에 있는 아니면, 상상 속에 있는
세상을 펼쳐놓고 쓰다 보면
그게 글이라는 것이다..
- 장영경

전기정

호는 단심이고 한국 한올 문학 시 부문 등단(157기)하였다. 한국 한올
문학 언론인 문인협회 회원이며 인향문단에서 회원으로 활동하며 틈틈
이 글을 쓰고 있다.

초록의꿈

님의 입김처럼 따스한 바람이 불어오면
묵은 풀잎의 소리가 커져갈 때 땅 밑 영혼들은
꿈틀 거린다

아지랑이 스물거리며 피어
오를 때 초록색 신생아들은
깨어나리라

작은 초록의 꿈은
싱그런 낙원을 향해 초록빛 섞인
사랑으로 채워나가리

대지위에 꿈은
초록바다를 이루고 붉은 사랑으로
그리움과 설레임으로 끝없는
사랑을 주리라

우리 인생은 삶속에 지쳐
마른풀잎 같은 마음이지만
사랑 가득한 꽃잎으로
채워 나가는 봄날을
맞이해보자

동행

인생길 너와 나 함께라면
난 외롭지 않네

모진아픔도 역경도
다 견딜 수 있다네

험한 개울 징검다리 건널 때
내손 잡아줄 너와 함께라면
저 하늘 끝까지 건널 수 있다네

험한 세상 살아갈 때 나에게
손 내밀어 줄 동행자가
있다면 기쁨이요 감사요
그 길은 방랑자의 길이 아닌
동행자의 길이라네

우리의 인생길 손에 손잡고
동행의 속삭임으로
걸어갈 때 따뜻한 동행길이 되리라

상고대

차디찬 눈보라 속에서
무슨 미련이 남아 세찬 바람
맞으며 누굴 기다리고 있을까

떠도는 구름아래 하얀 그리움이
운무가 되어 다시는 피지 못할
상고대로 피어났는가

어여쁜 꽃송이로 피어난 상고대는
해가 뜨면 지고 마는 비련

내 가슴에 안길 수 없어
차라리 녹고 마는 눈물 되어
떨어지는가

차가운 산위에서 세찬 눈보라
맞으며 새 생명 잉태한 상고대여

눈물 흘리며 떠나가는가

저 바다 건너 님 기다리는 곳으로
또 다시 떠나가는가

우리가 살아가는 이유

살아가면서 우린 곁에 있는
사람을 소중히 여기지
못하고 살아가지요

소중함을 모르고 사랑할 줄 모르고
시간이 지나간 뒤에야
남는 건 후회뿐

지난 시간의 얼룩들에는
버리고 잘라내지 못한 이기심과
교만으로 인한 상처로
잘못된 만남으로 이별을 하지요

살아가면서 억장도 무너지고
응어리져 가슴이 미어지기도 하지요

그로인해 그리워하면서도
이별을 선택하고 후회와
고통으로 살아가지요

사랑할 수 있을 때 사랑해야
소중한 사람을 잃지 않지요

이해와 사랑만이 우리가
살아가는 이유이니까

사랑밖에 없더라

돈이 많다하여 천만년 살지
못하더라

욕심이 많다하여 세상 모든 거
갖지 못하더라

모든 즐거움도 잠깐이고
모든 고통도 잠깐이고
오직 중요한 것은 영원히
변함없는 사랑이더라

영원한 사랑 없이는
평안과 행복을 얻을 수 없고
외로움과 쓸쓸함에 허망한
삶을 살아 갈 것이다

모든 인생은 풀과 같고
모든 인생의 행복은 꽃과
같으니 풀이 시들고
꽃이 떨어져도 사랑하는
마음이 영원하면 행복 할 것이다

숲속의 카펫

떨어진 낙엽 밟는 소리
바스락

그 소리 커갈수록 가을은
깊어간다

메마른 낙엽 부서지고
쌓일수록 가을은 소리 없이
떠나간다

낙엽 카펫을 걸어가는
숲속의 낭만길

가을향기 가득한 길에는
새들의 지저귐이 내 귓가에
머무른다

최고의 선물, 사랑

가장 불행한 사람은
사랑을 해보지 않은 사람이며

가장 행복한 사람은
지금 사랑을 하고 있는 사람입니다

사랑은 보이지 않는 세계

사랑은 그 사람 장점만을 보는
참으로 아름다운 힘이 있지요

사랑은 참고 성내지 않으며
기뻐하며 투기하지 않는 것이
자신을 희생하며 헌신하고
인내의 힘을 필요로 합니다

사랑이 아름답다 하지만
고통을 극복한 대가이며
서로에게 감동을 주는 꽃송이와 같지요

사랑은 신이주신 최고의
선물이며 우리 삶에 대한
소망이랍니다

사색

빈가지 사이에는
 나뭇잎이
 햇빛을 가리고

하늘을 이불삼아
구름을 베개 삼아
수풀덤불 속에 풀벌레
소리와

산새들의 아름다운
지져귐은 나의 마음을
평화롭게 하니 숲속에 두 팔 벌려
누워있는 나는 오늘 제일
행복한 사람이다

여백의 미

한여름 무성한 잎으로 따가운
햇빛을 막아 주었던 나무는
이젠 빈가지 사이로 하늘이 보이네

바람 부는 날이면 덩실덩실 춤을
추었던 나무는 이젠 빈가지
사이로 별이 보이네

때 아닌 겨울비는 뿌연 하늘을
말끔히 씻어 내리고
나뭇가지 사이로 눈물 흘리네

오늘은 흰 눈이 세상을 하얗게
덮으니 나뭇가지에도 하얀 옷
갈아입으니 아름다운 설화가
한 폭의 그림으로 다가오네

은빛 겨울나무는 그 여백의 미를
깨끗한 흰 눈으로 덮고
사랑으로 다가와주네

더불어 사는 삶

나 부족함이 많은 인간이기에
하나를 얻으면 또 다른 것을
얻으려 욕심을 냅니다

얻은 것에 감사하지 못하고
더 바라는 마음으로
남의 마음에 흠집을 내고
상처를 줍니다

가지고 있을 때는 그 소중함을
알지 못하고 모든 걸 잊고 나면
그 소중함에 한탄을 하지요

지금 가지고 있는 것에 고마움을
알고 언제나 감사하는 마음으로
살아가면 더 이상 잃는 것은 없지요

잃은 뒤에 후회는 이미 알고 있지만
깨닫지는 못하고 사는 게 우리입니다

그러기에 반복되는 후회
아픔을 되풀이 하면서 살아가나
봅니다

후회하지 않는 삶 우리의 소망이지요

이제부터 비우고 더불어
살아가는 삶을 즐기며 살아갑시다

바람처럼 흐르는 인생이지만
삶에 힘들다 지치면 마음 편히
쉴 수 있는 아름다운 공간

구름처럼 흐르는 인생이지만 그리움이 스며들고
거울에 비친 내 모습이
달콤한 행복을 기다리는 공간
인향문단이 되기를 바랍니다

서로 두터운 믿음과 끈끈한
사랑의 고리로 행복한 울타리가
되어 주길 바라고
우리의 부족함을 조금씩
채워 나가는 보금자리가
되어주는 문학의 장이 되기를 바라봅니다

정명화

1962년에 전남 영암에서 태어났고 지금은 회사원으로 서울에 살고 있
다. 자신의 모습을 돌아보면서 내면을 성찰하는 시를 쓰고 있다. 인생은
아름다운 것이라고 생각하며 그 아름다움을 시를 통해 문학을 통해서
표현하고 싶어한다.

중년의 나이에

나이를 먹어 중년이 되어보니
인생의 의미를 조금씩 조금씩 알아가면서

지금은 여유로운 마음으로
세월과 함께하고 있는 중년의 여인이다

운전도 연습이 있듯이
삶에도 연습이 있으면

어떤 의미와 변화를 주면서
우리네 인생을 살아갈 수 있을까

살면서 나는 많은 사람과
인연을 맺고 싶진 않는 내 마음이다

몇몇 사람들과 끊어지지 않는
나의 인연을 만들고 살면서

상처받고 상처 주는
인연들은 마음이 아프기에

거울을 보듯 진실한 인연으로
생이 다할 때까지 함께하고 싶다

나의 삶의 뜨락에

나의 삶의 뜨락에도
곱고 예쁘고 향기가 그윽한
마음의
꽃을 피우고 싶습니다

외로운 인생길에
아름다운 나만의 뜨락에
언제나
인의 향기가 피어나는
여인의 인생길이
슬프지 않게 찬바람이 불지 않게

고운 햇살이 은은하게
내 창문과 내 마음을 비춰주는
한 해가 되길 바래봅니다
내 삶이 외롭지 않기를 바래봅니다

오늘처럼
아름다운 나의 뜨락에
봄꽃을 피우기 위해
나의 꽃밭에서
마음의 꽃씨들이
예쁘게 발아를 하고 있나 봅니다

햇살 고운 오늘입니다

우리는 봄 마중하러
어느 작은 섬으로 떠났습니다

배에 탄 우리는 주인공처럼
뱃머리에서 폼도 잡아봅니다

어느 작은 섬의 강가에서
둘만의 여유 있었던 시간이

보랏빛 향기 품어
마음을 들추게 하는 오늘입니다

강가에 있는 카페가
나의 추억을 만들어 주었나

커피 향기가 나를 자극하고
그리운 임의 향기에 취해도 보고

작은 섬에서
둘만의 여유 있었던 시간

부티나게 생긴 청솔모도
우아하게 생긴 다람쥐도

우리를 반겨주는 모습에

미소 짓게 하는 그 녀석들

고운 임의 호주머니에서
내 손이 따뜻함의 온기를 느끼고

도란거렸던 소리가
내 귓전을 울리게 하는 오늘입니다

짧은 거리지만
배를 탄다는 생각만으로도 행복했고

뱃머리에 선 나는 알고 있었습니다
작은 섬은 지금 고독해 하고 있다는 걸

항해하는 기분으로
지금도 행복에 젖어있는 오늘입니다

고운 임의 아름다운 미소에
흠뻑 젖어보고 싶기도 한 오늘입니다

아지랑이 손잡고 갈게요

나의 삶의 뜨락에
고운 봄이 찾아 왔어요

상큼한 꽃바람에
내 마음 한들거리는 날

아지랑이 손잡고
나비 따라 그대에게 놀러 갈게요

연둣빛 이파리들이
살짝이 고운 잎 자랑할 때

바람에 기별을 보내고
아지랑이 손잡고 갈게요

부끄러워 고개를 숙인
할미꽃이, 부티난 꽃잎자랑 할 때

그리운 임께
나비 따라 놀러 갈게요

복숭아꽃 피기 전에
꼭 한번 찾아갈게요

삐비도 한 아름 뽑고

제비쑥도 한 바구니 뜯어 머리에 이고

참꽃도 한아름 꺾어
신작로 길을 사푼사푼 걸어서

아지랑이 손잡고
그대에게 놀러 갈게요

봄의 초대를 받고

봄의 소리,
함께 들어 보라고

봄이,
우리를 초대했습니다

봄의 소리 들으러
봄 향기 맞으려, 길을 떠나 보라고

오늘은 그냥
조용한 호수로 가보라고 합니다

봄 햇살 닮은 고운 임도
바람과 함께 걷는 게 좋은가 봅니다

햇살 한 줌 머리에 이고
도란거리면서 사뿐히 걸어도 보고

둘만을 위해
만들어 놓은 긴 벤치에 앉아

호수의 봄을 바라보면서
귓속말로 소곤소곤 속삭여도 봅니다

작은 호수도 행복할 거라고

예쁘게 찾아온 봄바람과 함께라서

보석처럼 달린
연연한 분홍빛 벚꽃들이

수줍은 듯 꽃망울을
터뜨릴 준비를 하는 호숫가

작은 여인의 마음에도
임의 향기가 은은하게 피어나고

고운 임의 행복한 미소에 젖어
봄을, 한 바구니 담아도 봅니다

고운 임과 아지랑이 손잡고
나비 따라 놀러 온 작은 호수에서

서로의 마음속에
사랑스러운 임의 향기 풍기면서

아름다운 봄을
고운 임과 행복으로 즐겨 봅니다

비망록

너의 선하디선한
눈빛이 찰랑거리고

너의 환한 미소로
나를 반갑게 반겨 줄 때

진실한 마음으로
너를 향하고 싶다

진실을 눈감을 수 없는
너와 나의 현실 앞에서

집시처럼 방황하면서
방랑자처럼 살고 싶을까

나의 인생은
우리들의 삶의 빈 잔으로

그냥
비울 수 없는 걸까

우리에게 남은 이름이
사랑으로 아름답게 피어날 때

너와 나는

많은 세월을 함께 보내고 있을까

먼 훗날에 가서
아름다운 추억으로

너를 향한 붓끝이
둘만의 비망록으로 기록되고 있을까

나만의 여유 있는 시간을

살면서
살아가면서

한 번쯤은
나의 삶을 토닥여 줬는가

가끔은 나 혼자서
눈물도 흘려 보면서

슬프면 슬프다고
기쁘면 기쁘다고 내색은 하였는가

가족이란 울타리 안에서
내 삶의 전부를 가족을 위해

희생하고 봉사하면서도
정작 나 자신에게는 아까워서

시간을 마음대로 쓰지 못하고
살아온 나의 생아 나의 인생아

지금은 내 시간도 써가면서
나만의 사치를 부러 보고 싶다

나 혼자만의 세월의 여유를

마음껏 누려보고 싶다

지금은 중년이 되어보니
이리도 나만의 여유가 생길까

나 혼자만의 여유 있는 시간을
가끔 가끔은 가지고 살고 싶어진다

더러는 친구들하고
밤을 지새우고 놀고 싶어 하면서

여행도 함께 하는 걸 보니
나도 중년의 여인이 돼버렸나 보다

그대를 사랑합니다

조용한 바람이 불어오고
뭉게구름 위에 달이 걸터앉아
여행하고 있나 봅니다

나도 함께 구름과 달과
탑승을 하고 싶습니다

세월을 붙잡을 수 없어
그대의 세월에 걸터앉아
쉬어가고 싶습니다

그대의 향기에 취하고
머무르고 느끼면서
함께 살아가고 있는 여인은

그대의 눈빛에 빠져
그대를 믿고 살고 있기에
그게 사랑인가 봅니다
그대를 사랑한다고……

가족을 위해 애쓴 마음
고맙다고 말 하고 싶습니다

머리는 하얀 게 변하고
얼굴에는 고운 주름이

중후한 중년의 그대 모습
그대가 살아온 세월이
그대로 그려져 있습니다

천만번을 말해도
모자란 말,
진정으로 그대를
당신을 사랑합니다.

작은 여인의 바램

무한한 마음으로
서로가 서로에게

관심과 배려와
사랑으로 어우러져

아름다운 화음으로
우리 인생의 길동무로

언제 까지나 함께
어깨동무하면서 걸어가자요

한결같은 마음으로
바람 불면 바람막이로

마음에 상처가 나면
서로가 토닥여 주고

흘러가는 세월과 함께
더 나이 먹어도 사랑과

깊은 애정과 우정으로
서로의 마음이 외롭지 않게

마음 다치지 않게

마음 아프지 않게

서로의 얼굴에 고운
주름이 지더라도 함께하면서

그리 살았으면 하는
작은 여인의 바램이라오

한 줄의 시를 품고 살고 싶다

시가 좋아 시를 사랑하고
한 줄의 시를 품고 살면서
나도 한 줄의 시를 쓰고 싶다

밤이면 한 줄의 시를 읽고
한 줄의 시를 쓰면서
그리 살고 싶다 나의 삶을……

해가 서산에 걸려
바다에 물들여 놓고
어둠이 깔리면 나는 사색에 잠기고,

별빛은 쏟아지고
달은 창문에 비취고
깊은 밤이,
나에게 고독을 품게 한다
한편의 시 한 줄이

가끔은 혼자서
고독에 젖어 밤을 지새운 적도
감성에 젖어 눈물 흘린 적도있고,
세월이 흘러도
그 마음을 버리지 못하고 살고 있다

여름은 여름이라서

가을은 가을이라서 말이다
혼자만의 시간
누구도 방해할 수 없는 깊은 밤에

한 편의 시가 나를 위로하고
내 마음을 감성에 젖게 하고
토닥여 주는 마법 같은 시 한 줄.

인간의 가치는
정신적이건 물질적이건 간에
결국 문화의 가치라고 생각된다.
문화 없는 인간은
그것이 인간의 형태를 가졌을지라도
어느 모로는 인간 이전의 동물이다.
- 유달영 柳達永 / 불상 佛像

황인설

어느 날 문득
들녘에 피어나는 꽃을 보다
사랑에 빠졌습니다.
이름없는 들꽃이라 생각했던
꽃들이
저마다 이름을 다 가지고 있습니다.
그 이름 하나하나
배워 불러보는 마음으로
이 글들을 적어봅니다.

행복하오이다

나는 행복하오이다.
온 세상 푸른
너무도 푸른 자연속에 누워
내가 이 자연임을 발견할 수 있어
나는 행복하오이다.

나는 행복하오이다.
풀잎에 비 방울이
하염없이 떨어져 풀잎들이 춤을 출 때
나 혼자만의 바라봄이 행복하고
비속을 걸어도
절망과 좌절의 과거 도시가 아님이
난 행복하오이다.

나는 행복하오이다.
떨어지는 비 방울 소리에
친구의 이름을 부를 수 있음이 행복하고
대나무의 날카로운 잎새 사이로
친구의 미소가 전해지니
또한
난 행복하오이다

그리운 님

잊어달라 붙잡았다면
무거운 발걸음
그리 돌리진 안았을 텐데….
가지 말란 말 못하고
이리 가슴 시려 웁니다.
마주한 얼굴을 보며
님 가시는 길 돌 뿌리 될까
하지 못한 말이
내 마음에 바윗돌 되어
내려 앉았습니다.
행여 님도 내 마음 같아
하고 싶은말 가슴 아프게
끌어안고 가시지는 않았나요?
그래서 지금 나보다 더
슬퍼하며 울고 있지는 않나요?

어떻게 해야 합니까?

당신이 전부인
당신과의 추억이 전부인
나는 어떻게 하라고
모두 잊으라 하십니까?

밤 세워 당신을 부르다 깨어도
당신의 허상뿐인 이세상
나는 어떻게 해야 합니까?

내 곁엔 당신의 그리운 얼굴뿐인데
내게는 하늘가득 눈물 뿐인데
어떻게 당신은 전부 잊었다 하십니까?

하늘의 별을 세고 세어도
다 헤아리지 못 할 것 같은 이어둠을
나는 또 어떻게 해야 합니까?

못 오실 당신

차장에 흘러 내리는
빗물을 보며
왜
당신 생각을 하는지…

당신도 지금
이 비를 보고 있는지…

가끔
누군가 그리울 때
당신도
내 생각 하는지…

달리는 차창에
당신을 그려봅니다.
불러도
오지 못할 당신을…

오소서

동지섣달 까만 밤
별 따 모아두고
여름 새벽
이슬 담아 두었다가

님 오실
그리운 밤에
굽이굽이 뿌려봅니다.

이 새벽
바람 그치기 전에

이 한밤
별 지기 전에
그리운 님 오소서…

보고 싶은 얼굴 있어

보고 싶은 얼굴 있어
이 밤도
 잠 못들어 합니다.
길을 걷다
불어오는 바람에도
생각나고
비 오는 소리에도
당신
생각에 그립습니다.
내일이면
잊혀지겠지 해 보지만
창가에 비치는
달빛에도
이렇게나 그립습니다.

들꽃

잊기 위해 헤메는 밤거리는
벌써 새벽 이언만
안개 속에 울고 있는 나는
아무도 보질 못합니다.

안개 속에 묻어야 할 기억이지만
진정 묻기 어려운 것은
사랑을 잃어도
당신은 잊을 수 없는 까닭입니다.

낙엽이 집니다.

아직은 겨울이 멀게 있지만
너무도 슬픈 우리기억은
바람 부는 언덕에 묻습니다.

하얀 눈 내리고
또다시 낙엽지면
밤하늘 안개 속에 피어날
이름 모를 들꽃을 기다리며

새 벽

이슬을 맞으며
벌써 오늘이 되어버린
새벽을 맞아 섰다.

뻐꾸기
소리 동녁에
피 터져 울 때면
오늘의 태양은 날 보러 오리라.

잠이 들때면
다시 보지 못할것 같던
저 붉은 태양

이제는
뻐꾸기 울음보다 더
애절하게 나를 흔드는구나

아침을
이고선 제비꽃처럼
붉은 이슬을
맞으며 목 놓아 우는
노래이고 싶다.

봄

봄이
여기까지 왔네요.
마중
나가지 않아도
오라 하지 않아도
님 그려
봄까치꽃 앞세워서
여기 까지 왔네요.

- 산책길에서 큰개불알꽃을 만나고…

문학은 인생이 얼마나 존귀한가를 외치는 작업이다.
지구 위에 40수억 종의 인생이 있다는 것,
그 하나하나가 모두 안타까우리만큼
아름답다는 인식이며 표현이다.
- 이병주 李炳注 / 문학(文學)의 고갈(枯渴)

인향문단 세계단편명작 초대

- 인향문단 편집부

원숭이의 손

- 윌리엄 제이콥스(William Wymark Jacobs)

1

영국 어느 거리의 뒷골목에 할아버지와 할머니가 경영하는 조그만 술집이 있었습니다. 그 곳은 여러 가지 창고나 공장 따위만 늘어서 있는 지저분한 골목이어서, 살림집 같은 것은 뒤지듯 찾아도 거의 찾아볼 수 없는 곳이었습니다. 게다가 길거리가 일 년 내내 짐마차들 때문에 패이므로, 조금만 비가 내려도 마치 늪처럼 빠지기 때문에 사람들은 좀처럼 지나다니지 않습니다.

어느 해 겨울, 비가 내려 추운 밤이었습니다. 술집에는 손님이 한 사람도 없고, 할아버지는 아들과 둘이서 체스를 두고 있었습니다.
아들은 낮에 가까운 공장에 직공으로 다니는데 집 안에서 제일 많이 일하는 사람이었습니다. 할머니는 외로이 난롯가에서 말없이 뜨개질을 하고 있었습니다. 할아버지는 아까부터 실수를 하여, 어째 승부에서 불리한 것만 같습니다.
"아, 저 바람을 봐라. 지독히 불기 시작했구나. 음, 지독해."
할아버지는 체스의 수를 아들이 알아차리지 못하게 하느라고 엉뚱한 딴말로 얼버무리려 하였습니다. 그러다가 또 말을 이어, 저 길거리가 진탕이며, 그런데도 이 근처 사람들은 전혀 무관심하다는 것이며, 그래서 이런 짐승 같은 놈들만 사는 고장에서 바보처럼 술집을 차리고 있다는 건 어리석은 일이라고, 언제나 버릇처럼 불평을 늘어놓기 시작했습니다.
그러다가 나중에는 정말 혼자서 화를 내었습니다. 할머니는 그 애초의

목적을 잘 알기 때문에 할아버지에게 말했습니다.

"그런 군소리랑 말고 다음에 당신이 이기면 되잖우?"

아들은 능글맞게 웃으며 말했습니다.

"자, 아버지 차례예요."

"알아!"

이렇게 말하고, 할아버지가 시무룩해 있는데 문이 덜커덕 열렸습니다.

"오, 하사님이다."

할아버지는 손님이 찾아온 것을 좋은 핑계로 자리에서 일어났습니다. 하사란 사람은, 키가 크고 몸집이 큰 군인인데, 그는 흠뻑 젖은 외투를 입은 채 성큼 안으로 들어섰습니다.

"야아!"

이렇게 외치며 하사는 할아버지와 악수를 하였습니다.

2

이 사람은 원래 군대에 들어가기까지 이 앞의 창고에서 사환노릇을 하던 사람인데, 21년간이나 참던 끝에 드디어 하사까지 진급하여, 최근까지 인도 주둔군에 머물러 있다가 며칠 전 이쪽 부대에 전속해 온 사람입니다. 할아버지와 할머니는 이 군인을 정말 출세한 사람이라고 진심으로 존경하고 있었습니다.

하사는 난로 옆에 자리를 잡고, 위스키를 따라 마시며, 세 사람 앞에서, 인도의 여러 가지 색다른 이야기를 하였습니다.

"우리들도 어떻게 한번 그런 곳에 가 보고 싶은데."

할아버지가 말했습니다.

"뭘, 여기 가만히 사는 게 훨씬 낫지. 뭣 하러 일부러 그런 델 간담."

하사는 약간 얼큰해서 여드름 자국투성이인 매부리코 위에 움푹 들어간, 코끼리 눈처럼 작은 눈을 적시며 후우 뜨거운 숨을 뿜었습니다.

"하지만, 거긴 훌륭한 절이며 마술쟁이 따위 진기한 것들이 많다지 않아요. 참, 저번에 말하던 원숭이 손이란 건 도대체 뭐요?"

"거 말이요? 으응 아니, 아무것도 아니오. 시시한 이야기요."

"어머나, 원숭이 손이라니?"

할머니는 놀란 듯이 물었습니다.

"말하자면, 지금 말한 마술 같은 이야기지."

하사는 이렇게 말하며 호주머니를 뒤져서,

"바로 이거요."

하고, 바삭바삭 마른, 작고 검은 물건을 꺼내 보였습니다.

"아이고, 흉측해!"

"어디"

할아버지는 아들이 이리저리 돌려보고, 불에 대어 비쳐보고 한 뒤에 그것을 받아 들고,

"호오, 과연 손이다. 이 곱슬곱슬한 털은 틀림없이 원숭이 거야, 헌데 이 손은 어디다 쓰는 건가?"

"흠! 실은 그 곳 어느 훌륭한 중이 그 속에 마술을 넣었거든......"

"예 - 에!"

"그래서 이걸 가지고 있으면, 계속 세 사람까지, 뭐든지 바라는 것이 세 가지씩 이루어진다오."

"한 사람, 한 사람에게 세 가지씩이오? 그래 당신은 왜 바라는 것을 이루어 보았잖소?"

아들은 재빨리 고한 것을 물었습니다. 하사는, 아이들이 쓸데없이 어른들의 말에 말참견에 뛰어드느냐는 듯이 빈정거리는 투로 쳐다보았다.

"흐…흥"

이렇게 잠깐 외면하고는 말했다.

"허기야, 나도 빌었지."

하사는 당황하는 빛 없이 이렇게 말하였습니다. 그러나 그와 동시에 하사의 얼굴은 새파랗게 질렸습니다.

"호오, 그래서 바란 것이 모조리 이루어졌소?"

할머니가 물었습니다.

"이루어졌고말고."

"그럼, 세 사람 중, 아직 당신 혼자만 써 먹었겠군."

할아버지가 물었습니다.

"아니, 나는 두 번째 주인이오. 내 먼저 가지고 있던 사람은 세 가지 중 두 가지는 무엇을 빌었는지는 모르나, 어쨌든 나중 한 가지는 죽고 싶다고 빌었나 봐. 그래서 그 사람이 죽고, 다음 내 손에 들어온 거요."

"그런데 당신은 벌써 바라는 걸 이루었으니까, 앞으로 그걸 가지고 있어도 소용없겠군요."

할아버지는 물었습니다.

"말하자면 그렇지요. 실은 팔아도 좋다고 생각했지만, 핫하하! 그러나 이젠 팔지 않겠소. 이 손도 벌써 엔간히 여러 사람에게 폐를 끼쳤거든. 사람이란 워낙 제멋대로 아무거나 바라니까. 게다가 팔려 해도 사는 사람이 없어요. 뭘 고담 같은 소릴 하느냐고 비웃기만 하지요. 간혹 사고 싶다는 사람이 나타나긴 하지만, 모두가 시험적으로 한번 써 보자는 거야. 그리고 바라는 것이 이루어진 다음에 돈을 물겠다고 깍쟁이 같은 소리만 한단 말이야."

"그럼, 만약 당신이 한 번 더 쓰려면 두엇을 바라겠소?"

라고, 할아버지가 물었습니다.

"후후후. 글쎄 그건 잘 모르겠는 걸!"

하사는 그 원숭이의 손을 손가락으로 집어 흔들어 보이다가, 갑자기 그것을 난로 속에 던져 넣어 버렸습니다.

"어 어 어?"

할아버지는 깜짝 놀라서,

"앗 뜨거!"

하며 얼른 그것을 불 속에서 끄집어냈습니다.

"여보게, 태워버려요, 어서. 그까짓 건 태워버리는 게 나아."

"그렇게 필요 없으면 날 주게나."

"아니, 안 돼요 안 돼. 난 태워 버리려고 던진 거요, 그런 걸 가지고 있다간 나중에 어떤 일이 생기더라도 난 책임 지지 않겠소. 그보다도 차라리 태워버려요. 실없는 걸 생각해 봤자, 소용없어요."

"헤헤! 태우는 건 언제라도 할 수 있지."

할아버지는 드디어 자기 소유로 된 그 손을 새삼스레 다시 한 번 이리저리 굴리며 살펴보았습니다.

"그래, 소원을 이루게 하려면 어떻게 하면 되오?"

"그 땐 그걸 오른 손에 높이 쳐들고, 이러이러한 것을 바란다고 소리 높이 외치면 되지요."

"후후, 마치 아라비안나이트 같은 이야기군."

할머니는 웃으면서 하사의 저녁을 준비하려고 일어섰습니다.

"여보, 영감. 이 내 손에 털이 여덟 개 나라고 하거나 하면 안 돼요. 알겠소?"

"핫하하!"

"후후후!"

할아버지와 아들은 크게 웃었습니다.

그러나 하사는 얼굴을 찌푸리고,

"어, 영감님!"

하며. 할아버지의 팔을 잡고,

"정말 농담이 아니오. 만약 필요하다면 쓸 데 없는 것을 빌어선 안 되오. 꼭 알겠어요?"

"에. 에, 잘 알았습니다."

할아버지는 그 원숭이의 손을 호주머니에 집어넣고,

"자, 저 쪽에 가서 식사나 드십시다."

하며, 저 쪽 테이블로 데리고 갔습니다,

3

식사와 요리와 시중을 드는 일로, 네 사람은 원숭이의 손에 대해선 전혀 잊어버렸습니다. 하사는 그 뒤 다시 인도에서의 모험담을 이야기하였습니다. 그러다가 막차 시간이 다 되었으므로 하사는 황급히 돌아갔습니다. 그 기차로 다음 역에 있는 부대에 돌아가는 것입니다.

문간에까지 전송 나왔던 할아버지가 문을 잠그고 들어오자, 젊은 아들은,

"흥, 어지간히 공포만 놓는군. 지금 말한 것도 모두 거짓말이어요. 하하하하, 사람을 바보로 아는 모양이지. 저 원숭이의 손 따윈 그런 거짓말 중에서도 제일 큰 거짓말이야."

하며 웃었습니다. 할머니는 할아버지에게,

"여보, 그 사람에게 돈을 드렸소?"

"응, 조금만 주었지. 괜찮다는 걸 억지로 쥐어줬지. 허지만 마술이 깃든 원숭이 손을 그냥 가진다는 건 너무 하지 않아? 그래도 끝까지 태워버리라고 하더군."

"그럴 테죠. 마구 소원이 이루어져서, 아버지가 벼락부자가 되거나 높은 사람이 되었다간 큰일이니까. 허지만 이왕 바라려면 우선 임금이 되는 게 어때요? 그렇게 되면 위엄을 부릴 수 있고, 첫째 어머니에게 잔소리 들을 필요가 없단 말이어요."

라고, 아들이 말했습니다, 할머니는,

"뭐, 어쩌고 어째?"

하면서 주먹을 쥐고 때리려 들었습니다.

아들은 "이…크!"하며 테이블 저 쪽으로 달아났습니다.

할아버지는 다시 원숭이의 손을 꺼내어 이상스러운 듯 돌려보았습니다.

"헌데, 막상 써 먹으려 하니 도대체 뭘 바라야 할지 모르겠는 걸! 난 필요한 건 다 가지고 있는 것 같기도 하고,"

"정말이야. 이젠 점방 소제만 끝나면 갈 수 있어요. 그렇지만 한번 시험삼아 20만 달러 쯤 굴러 오라고 빌어 보면 어때요?"

할아버지는 엉뚱한 자기의 욕심을 스스로 비웃는 듯, 원숭이의 손을 오른손에 쥐고 높이 쳐들었습니다. 아들은,

"후훗"

웃으며, 피아노 옆에 가서 "딩동댕"을 두드렸습니다. 그러자, 할아버지는 분명한 소리로,

"제발 20만 달러를 주시옵소서."

라고 빌었습니다. 그러자 갑자기 "아얏!"하고 떨며 부르짖었습니다. 아들과 할머니는 웬일인가 하고 뛰어왔습니다.

"아아, 놀랐다. 원숭이의 손이 움직였어."

할아버지는 지금 막 무심코 바닥에 던진 원숭이의 손을 기분 나쁜 듯이 내려다보았습니다,

"내가 빌자마자, 저 바삭바삭 마른 손이 내 손아귀에서 뱀처럼 꿈틀거렸단 말이야."

"아버지도 참! 첫째 돈이 어디 나왔어요?"

아들은 이렇게 말하고 원숭이의 손을 주워 들고 테이블 위에 올려놓았습니다.

"정말이오? 여보. 움직였다는 건 당신이 잘못 생각한 게 아니오?"

할머니는 그래도 약간은 걱정되는 듯이 물었습니다.

"뭐, 괜찮아. 움직였건 안 움직였건 난 이렇게 조금도 탈이 없으니까. 그렇지만 어쨌든 놀랐어."

세 사람은 난롯가에 모였습니다. 할아버지와 아들은 파이프에 담배를 붙이고 뻐끔뻐끔 빨기만 하였습니다.

밖에서는 바람이 더욱 세차게 불었습니다. 할아버지는 이층에서 어떤 문이 덜거덕거리는 소리에 귀를 기울였습니다. 세 사람 모두 시무룩하게 앉아서 아무 말도 없었습니다. 그리고 나중에 모두 자기로 하였습니다. 아들은 할아버지가 이층으로 올라가는 뒷모습을 향하여,

"그럼, 안녕히 주무셔요. 제발 20만 달러가 커다란 부대에 담겨서 아버지 침대 위에 놓이도록. 하하하…!"

4

이튿날 아침, 세 사람은 언제나처럼 같은 식탁에 앉았습니다. 지난밤의

비바람과는 달리, 창밖은 활짝 개인 겨울 햇살이 담뿍 넘쳐 있었습니다.
세 사람은 그런 중에 또다시 예의 원숭이 손에 대한 이야기를 하였습니다. 할머니는 놀려대며,

"저런 사람들은 그 따위 엉뚱한 소리만 하며 사람을 골린단 말이오. 시치미를 딱 떼고 이야기를 하니까, 나도 처음엔 좀 속았지. 요즈음 세상에 어디 바라는 대로 함부로 되었다간 큰일 나게요, 미친 소리!"

"참말이오, 20만 달러가 하늘에서 떨어질 것도 아니고."

아들도 맞장구를 쳤습니다.

"허지만, 그 양반도 빌었더니 꼭 그대로 소원이 이루어 졌다고 하잖아. 그야 우연히 맞았다고 하면 그만이겠지만, 그렇다 해도 그렇게 신통하게 맞는다는 건 이상한데."

라고, 할아버지가 변명하듯 말했습니다.

"우연이라도 맞았다는 그 말부터가 거짓말인 걸요. 이젠 그만두어요. 개가 듣고 웃겠어요. 어디 이젠 가 볼까. 아버지, 제가 돌아올 때까지 20만 달러 이야기는 제발 그만두서요. 제가 없는 새에 고스란히 돈이 생겨서 벼락부자가 되어, 욕심쟁이 늙은이가 되었다간 큰일이니까요."

아들은 이런 농담을 하며 공장에 갔습니다. 할머니는 문 앞까지 바래다주고 아들의 뒷모습이 모퉁이를 돌아 보이지 않게 될 때까지 지켜보았습니다. 그리고 테이블에 돌아와서, 할머니는 할아버지가 무슨 일에나 그런 엉터리 말을 곧이듣는 버릇을 나무랐습니다. 그리고 나서 어느 때보다도 쾌활하게 우편배달이 문을 두드리는 소리를 듣자, 얼른 뛰어갔습니다. 그 우편은 자주 이 술집에 오는 어느 퇴역 하사에게 양복점에서 붙여 온 것이었습니다.

할머니는 괄괄하게 그 주책없는 주정군의 흉을 한참 털어 놓았습니다.
두 사람은 그로부터 다시 원숭이의 손에 대해서는 잊어버렸습니다.
원숭이의 손은 사뭇 푸대접 받듯이 선반 위에 던져진 채 있습니다.
그러는 동안, 점심때가 되었습니다. 할아버지와 할머니는 식탁에 앉으며 둘이 다 공장에서 일하고 있는 아들을 생각했습니다.

"여보, 원숭이 손 때문에 무척 웃었구려. 그 애가 돌아오면 꽤 놀릴 거요.

당신도 꽤 망신을 당했구려."

두 사람의 이야기는 다시 원숭이의 이야기로 옮겨졌습니다.

"허지만 여보, 저 손이 꿈틀거렸던 것만은 사실이오. 이건 정말 농담도 아니고, 참말이거든."

라고, 할아버지는 컵에 물을 따르며 말했습니다.

"그건 아무리 말해도 당신이 꼭 그렇게 여겼기 때문이어요."

할머니는 이번에는 온순하게 말했습니다.

"아냐, 아냐, 그렇잖아. 이것만은 틀림없어. 확실히 움직였소. 내가 이 손을 이렇게 쳐들고 말이지, ⋯⋯ 아니, 여보, 뭘 보고 있는 거요? 내 말을 들으래도⋯"

할머니는 그러나 대답도 않고, 입을 반쯤 연 채 눈살을 찌푸리면서 열심히 창밖을 내다보고 있었습니다. 아까부터 술집 앞을 어떤 사나이가 왔다 갔다 하면서 안을 기웃거리고 있는 것입니다. 들어가서 쉴까 말까 망설이고 있는 모양이었습니다. 할머니는 그 사람의 훌륭한 옷차림에 시선을 모았습니다, 번들번들한 실크 모자를 쓴 훌륭한 신사입니다.

"부자, 10 만 달러, 20 만 달러"

라고, 할머니는 문득 할아버지가 원숭이 손에 대고 빌었던 20만 달러에 대하여 생각하였습니다.

"저 봐요, 또 저 쪽에 갔어. 응? 이번엔 또 이쪽으로 오네."

할머니는 밖을 내다보며 말했습니다. 할아버지는 그 말에는 대꾸도 않고 무엇을 마시고 있었습니다. 그러자, 잠시 후 문이 덜커덩 하고 열렸습니다.

"어서 오세요."

할머니는 황급히, 얼른 손을 뒤로 하여, 에프론 끈을 풀고 웃는 얼굴로서 있었습니다.

손님은 바로 문간에 서서 우물쭈물하며, 할머니의 얼굴을 바라보고 있었습니다. 할머니는 이렇게 홀이 누추해서 죄송하다는 둥, 할아버지가 늘 뒤뜰의 채소밭에 나갈 때 입는 허름한 옷을 입고 있어서 죄송하다는 둥 마구 지껄이며, 점포에서 제일 깨끗한 의자에 안내하려고 하였습니다.

"아니, 괜찮습니다."

라고, 그 사람은 서먹하게 인사를 하고 나서, 가슴 호주머니 위를 누르며,

"나는 실은 공장에서 심부름을 온 사람입니다."

라고, 띄엄띄엄 말머리를 꺼냈습니다.

"에, 공장에서요?"

할머니는 가슴이 철렁 내려앉았습니다.

"그럼 우리 아들 때문이겠군요. 어떤 일인데요? 그 애가 무슨 실수라도 하였나요?"

할머니는 연거푸 물었습니다.

"여봐요. 그렇게 한꺼번에 물어서야…… 당신은 저리 비켜 앉아 있어요. 자;…… 여기 걸터앉으시죠. 별로 나쁜 일은 아니겠죠?"

라고, 할아버지가 대신 물었습니다. 그러자, 그 손님은 아주 난처한 듯이

"그렇게 말씀하시면, 무어라고 말씀 드려야 할지........."

"그럼, 다쳐기라도 했나요?"

할머니는 벌써 떨리는 목소리로 물었습니다.

"아주 심한가요?"

"참으로, 이루 말할 수 없는 불행입니다. ……그러나 고통은 벌써 없어졌습니다."

말을 채 맺기도 전에,

"아이고, 이게 어쩐 일이오!"

할머니는 비틀거리며, 가까이 있는 걸상에 의지한 채, 겁을 집어 먹고 울었습니다.

말귀를 알아듣지 못한 할아버지는,

"다치다니, 어디를 어떻게 다쳤습니까?"

라고, 아직도 못난 소리를 합니다. 아들은 기계에 걸려들어 죽은 것입니다. 할아버지는 분명히 그 말을 듣자,

"예, 예?"

하고는 벙어리처럼 말을 잇질 못했습니다.

공장에서 온 사람은 한번 기침을 하고 나서, 위로의 말을 늘어놓았습니

다.

"웬만해서는 조금도 그러한 위험이 없는 기계이므로, 회사 측으로는 그 점에 있어서 전혀 책임을 질 수 없는 것이지만, 다만, 아들이 지금까지 부지런히 일을 해 주었던 까닭에 그에 대하여 특별히 20만 달러의 돈을 두 분께 조위금으로 가지고 왔습니다."

할아버지의 먹먹하던 귀에도 20 만 달러를 가지고 왔다는 그 말만은 뚜렷이 들렸습니다.

"에? 20 만 달러?"

할아버지는, 할머니가 영영 소리를 내어 우는 가운데서, 이 말만 하고는 드디어 현기증을 일으키고 그 자리에 쿵 쓰러졌습니다.

5

할아버지와 할머니는 울며불며 아들의 시체를 받아, 10리가량 떨어진 어느 공동묘지 한구석에 묻었습니다. 그리고 그들도 함께 땅속에 묻힌 것처럼 어둡고 슬픈 마음을 안고 터벅터벅 집에 돌아왔습니다.

할아버지도, 그리고 할머니도 때때로 모든 것이 거짓말 같은 생각이 들었습니다. 그럴 때면 두 사람은, 아들은 결코 죽은 것도 아니고 탈이 난 것도 아니다, 지금도 공장에 가서 일하고 있을 거라고 생각하였습니다. 그러나 죽은 것은 어쩔 수 없는 사실입니다. 두 사람이 그것을 분명히 깨달은 때에는, 그저 바보처럼 몇 시간이고 멍청히 앉아 시간을 보냈습니다. 두 사람은 이야기하려 해도 넋두리밖에 나오지 않았습니다.

그리하여 벌써 일주일이 지난 뒤였습니다. 할아버지는 밤중에 문득 눈을 떠 보니 할머니의 침대가 비어 있는 것이었습니다. 방안은 깜깜했습니다. 그러는데 저 쪽 창가에서 찔끔찔끔 우는 소리가 들렸습니다. 할아버지는 슬그머니 침대 위에 일어나 조용히 귀를 기울었습니다.

"여보, 여보, 이젠 들어와서 자요, 감기 들라."

할아버지는 얼마 후 이렇게 상냥한 목소리로 말했습니다.

할머니는 눈물을 닦으며,

"이 추위에 그 애가 얼마나 떨까!"

라고, 혼잣말처럼 이렇게 말하고는 다시 설움에 복 받혀 엉엉 울기 시작했습니다.

할아버지는, 참 별 수 없는 할머니라고 나무라며 다시 드러누웠습니다. 잠자리는 아직, 따뜻하였습니다. 할아버지는 아까부터 졸렸으므로 자리에 눕자 다시 잠이 들었습니다. 할아버지는 문득 어떤 커다란 소리에 깜짝 놀라 눈을 떴습니다.

"여보, 영감. 저 원숭이 손 말이오."

할머니는 아직 자지를 않고 어둠 속에서 이렇게 말했습니다. 할아버지는 원숭이 손이란 말에 온 몸에 소름이 쭉 끼치며

"뭐야? 원숭이 손이라니!"

하며 일어났습니다.

"원숭이 손이 어쨌다고?"

할머니는 어둠 속을 휘청휘청 걸어와서

"여보, 저 손은 아직 집에 있을 테죠."

라고, 작은 소리로 물었습니다.

"있으면 어찌하겠단 말이오. 기분 나쁜 소릴."

"있어요?"

"있기야 있지. 선반 위에 얹혀 있을 거요."

"그럼 됐어. 여보, 저……"

할머니는 문득 울음 섞인 소리로 웃으며 할아버지의 손을 더듬어 잡고는,

"알겠어요? 나도 지금 문득 생각났어요. 당신도 꽤 생각이 모자라는군. 나도 그렇지만…"

라고, 괴상한 말을 합니다.

"뭐 말이오?"

"아직도 모르겠소? 저 손에는 아직 한 가지 밖엔 빌지 않았잖아요."

"무슨 소릴! 비는 건 이젠 질색이오. 농담도 작작 하라니까."

"뭐가 농담이어요. 아직 두 가지 빌 수 있잖소. 그러니까 얼른 가서 가지고 와요. 그리고 빌어줘요. 한번만 더 저 애를 살려달라고요."

"당신도 꽤 미쳤구려!"

할아버지는 이렇게 말하고는 이불을 걷어차고 자리에서 벌떡 일어났습니다.

"자, 얼른요!"

"그만두래도. 병신 같이…"

할아버지는 벌벌 떠는 소리로 이렇게 말하면서 성냥을 더듬어 촛불을 켰습니다.

"거 봐요. 그런데 주저앉아서 노망을 부리지 말고 어서 이리 올라와요. 참. 할 수 없군."

"그래도 20만 달러는 확실히 생기지 않았소. 그러니까 그 애도 되살릴 수 있단 말이오."

"무슨 소릴! 한번 어쩌다가 맞았대서 그렇게 노상 뜻대로 되나?"

"어쨌든 빌어보지 않으면 모르잖아요."

"그만 둬. 나중엔 원 별꼴 다 보겠네."

"그런 말 말고 어서요."

할머니는 무릎걸음으로 다가와서 할아버지의 손을 덥석 잡고,

"제발 가지고 와요. 여보, 영감!"

라고, 할머니는 있는 힘을 다하여 마침내 할아버지를 침대에서 끌어내렸습니다.

"가만. 가만, 가만! 그럼 가지고 올 테니 놔요. 참, 억지를 잘 쓰는 할머니란 말이야."

할아버지는 끝내 할 수 없이 어두운 층계를 더듬더듬 내려갔습니다. 물론 아래층도 깜깜합니다. 할아버지는 한 걸음 한 걸음발로 더듬으며 원숭이 손이 놓여 있는 선반에까지 이르렀습니다.

더듬어 보니 바삭바삭한 원숭이 손은 그 선반 위에 있었습니다. 할아버지는 그것을 들자, 갑자기 등골이 서늘했습니다. 아직 빌지는 않았으나 이 손을 잡음과 동시에, 죽은 아들이 쓰윽 나타나서 자기를 갑자기 불 잡을 것만 같이 생각되어, 더구나 남보다 한결 겁 많은 할아버지는 불시에 무서워진 것이었습니다.

그 통에 지금 내려온 층계의 방향을 잊었습니다.

할아버지는 이마에 식은땀을 배며, 더듬더듬 커다란 테이블을 돌고 여기 저기 사방 부딪치며 드디어 겨우 층계를 찾아내었습니다.

할아버지는 원숭이 손을 한손에 들고, 부들부들 떨며 간신히 층계를 올라갔습니다.

방안에서는 할머니가 촛불 밑에 웅크리고 앉아 기다리고 있었습니다. 할아버지는 그 창백한 할머니의 얼굴을 보자, 다시 등골이 서늘해졌습니다.

"여보, 이거요."

"잘 됐군요. 그럼 어서 빌어요."

"후후후! 그런 바보 같은 소릴 하는 게 아냐. 죽은 애가 어떻게 다시 살아 난단 말이오. 실없는 소리 말고 자요."

"괜찮다니까 빌어요. 여보!"…

할머니는 눈을 번쩍이며 소리 질렀습니다. 할아버지는 할 수 없이 원숭이 손을 한 손에 쳐들고,

"제발, 저, 애가 다시 살아나도록 해주십시오."

라고 빌었습니다. 그와 동시에 원숭이의 손을 발밑에 쿵 떨어트렸습니다. 할아버지는 깜짝 놀라 펄쩍 뛰고 뒤로 물러서서 바닥 위에 떨어진 그 바삭바삭한 손을 잠시 바라보았습니다. 그 동안, 할머니는 터벅터벅 창가에 가서 커튼을 걷어 올렸습니다. 그리고 언제까지나 밖을 내다보고 있었습니다. 할아버지는

"아, 이겐 살았다."

하면서, 걸상에 걸터앉아 후 한숨을 쉬었습니다. 이번에 소원이 성취되어 죽은 사람이 어정어정 돌아온다면 그야말로 무서워서 기절할 판입니다. 할머니는 아직도 창가에 서서 열심히 어두운 길을 살피고 있습니다. 할아버지는 오싹오싹 한기가 들었습니다. 문득 보니 촛불은 어느새 거의 다 타서, 접시 바닥에 거의 닿았습니다. 그리고 천정과 벽 사이에는 방안에 놓인 것들의 그림자가 커다랗게 너울거리고 있습니다. 순간, 낮은 그 불길은 "지…지…찍" 소리를 내며, 한 번 확 밝게 타오르다가 그만 탁 꺼졌습니다.

"여보, 잡시다. 이겐 그만 하고 자요. 엇 추워."

할아버지는 이것으로 결국 죽은 사람이 나타나지 않았음을 확인하였으므로 아주 마음을 놓고 어둠 속을 더듬어 자리 속에 들어갔습니다.

얼마 후, 할머니도 말없이 자리에 돌아왔습니다. 할아버지는 어둠 속에서 눈을 뜬 채, 시계가 재각재각 돌아가는 소리를 가만히 듣고 있었습니다. 그러자 층계 쪽에서 덜거덕거리는 소리가 났습니다.

깜짝 놀라 귀를 기울이고 있으려니까, 쥐가 찍찍하고 천정 위를 구르며 뛰어다녔습니다. 할아버지는 어둠 속이 어쩐지 무서워져서 다시 일어나 성냥을 켰습니다. 그리고 그것을 가지고 아래로 초를 가지러 갔습니다. 그러자 층계를 다 내릴 즈음해서 성냥불이 "탁" 꺼졌으므로 할아버지는 다시 켜려고 멈춰 섰습니다. 그 때 누군가 가게 문을 똑…똑…똑… 두드리는 소리가 들렸습니다. 할아버지는 멈칫 서 버렸습니다.

그러자, 다시 똑…똑…똑…, 들릴까 말까 할 정도로 문 두드리는 소리가 들렸습니다. 할아버지는 황급히 방에 뛰어들어 문을 닫아 버렸습니다. 그러나 아래서 문을 두드리는 소리는 똑…똑…똑…, 똑…똑…똑…, 이번에는 뚜렷이 들려왔습니다.

"어머나. 누가 문을 두드리는군요."

하고 할머니는 벌떡 일어났습니다.

"아냐, 쥐가 뛰어다니는 소리야. 지금 저 층계에서 마주쳤지."

그러나 할머니는 침대 위에 앉은 채 역시 귀를 기울였습니다. 이번에는 똑…똑…똑… 하고, 두드리는 소리가 분명히 두 사람 귀에 들렸습니다.

"그 애가 돌아왔어요. 저 봐요."

할머니는 후닥닥 침대에서 뛰어 일어나 아래로 막 내려가려고 하였습니다.

"여보, 어디 가는 거요!"

할아버지는 쫓아가서, 방문 앞에서 붙잡았습니다.

"왜 이래요, 놔요. 저 애가 돌아왔는데…"

할머니는 마구 뿌리치려고 하였습니다.

"여봐요. 그 따위 죽은 사람을 끌어들여 뭘 하려는 거요!"

"그렇지만, 저렇게 두드리는데 가엾잖아요. 제발 좀 놔 줘요."

"아, 그만두라니까!"

할아버지는 바들바들 떨면서,

"그만두라니까 그래. 죽은 사람이 어슬렁어슬렁 들어오면 어쩔 셈이야!"

"바보 같은 소릴! 당신 아들이 아니오. … 애야, 지금 간다. … 자, 봐요!"

옥신각신하는 사이에도 밖에서는 자꾸 똑…똑…똑…, 똑…똑…똑… 문을 두드립니다.

"에잇, 여보!"

할머니는 할아버지를 힘껏 밀어젖히고,

"지금 간다."

하고는, 굴러 떨어지듯 아래로 달려 내려갔습니다. 할아버지는 층계에까지 갔다가 벽을 붙잡고 벌벌 떨고 있었습니다.

그러자, 할머니는 어둠 속에서 문을 잠근 쇠사슬을 "철렁"하고 벗겼습니다. 그리고 빗장을 끼익하고 빼는 소리도 들렸습니다.

"아이고, 손이 모자라요. 여보, 좀 내려와서 거들어줘요."

이윽고 할머니는 숨을 헐떡이며 초조한 듯이 말했습니다. 그러나 그때, 할아버지는 이층 어두운 방안에 엎드려, 아까 떨어뜨린 원숭이 손을 열심히 찾고 있었습니다.

아래에서는 쿵쿵, 쿵쿵쿵, 마구 문을 두드립니다.

"잠깐, 지금 열어 줄께."

할머니는 "쿵"하고, 돌을 발판으로 놓은 듯한 소리가 들렸습니다. 할아버지는,

"어, 빗장을 벗기는군."

이렇게 생각할 때, 마침 방바닥의 원숭이 손을 찾아냈습니다. 아래에서는 "끼익…" 빗장을 벗기는 소리가 들립니다. 할아버지 는 얼른 원숭이 손을 처들고 재빨리 빌었습니다. 단 하나 밖에 남지 않은 마지막 소원을.

그와 거의 같은 시각에 할머니는 덜거덕 문을 열었습니다. 그러자 찬바람이 획 하고, 층계 위까지 불어 올라왔습니다.

할아버지는 죽은 아들을 쫓아내려고 빌었으므로 이젠 안심하고 층계 쪽으로 엿보러 갔습니다.

그러자 아래에서는 할머니가,

"어, 이상해요."

라고, 낙심한 듯이 소리 질렀습니다.

"거 봐요."

할아버지는 더욱 용기를 내어 쿵쿵 내려갔습니다.

"참, 이상하다. 아무도 없어. 여보, 어디로 갔을까요. 우리 아들이……"

할머니는 목멘 소리로 말했습니다.

"어디."

할아버지는 이제는 대담해져서 성큼성큼 밖으로 나가 보았습니다. 한밤 중 추운 길거리에는 개 한 마리도 나다니지를 않습니다. 다만 저쪽 가로 등 불빛만이, 홀로 얼어붙은 땅 위를 어슴푸레 비추고 있을 따름이었습니다.

인향문단 한국단편명작 초대

- 인향문단 편집부

고향

- 현진건

대구에서 서울로 올라오는 차중에서 생긴 일이다. 나는 나와 마주 앉은 그를 매우 흥미 있게 바라보고 또 바라보았다. 두루마기 격으로 '기모노'를 둘렀고, 그 안에서 옥양목 저고리가 내어 보이며 아랫도리엔 중국식 바지를 입었다. 그것은 그네들이 흔히 입는 유지 모양으로 번질번질한 암갈색 피륙으로 지은 것이었다. 그리고 발은 감발을 하였는데 짚신을 신었고, '고무가리'로 깎은 머리엔 모자도 쓰지 않았다. 우연히 이따금 기묘한 모임을 꾸미는 것이다. 우리가 자리를 잡은 찻간에는 공교롭게 세 나라 사람이 다 모였으니, 내 옆에는 중국 사람이 기대었다. 그의 옆에는 일본 사람이 앉아 있었다. 그는 동양 삼국 옷을 한 몸에 감은 보람이 있어 일본말도 곧잘 철철 대이거니와 중국말에도 그리 서툴지 않은 모양이었다.

"고코마데 오이데 데스까?"

하고 첫마디를 걸더니만, 도쿄가 어떠니, 오사카가 어떠니, 조선 사람은 고추를 끔찍이 많이 먹는다는 둥, 일본 음식은 너무 싱거워서 처음에는 속이 뉘엿거린다는 둥, 횡설수설 지껄이다가 일본 사람이 엄지와 검지 손가락으로 짧게 끊은 꼿꼿한 윗수염을 비비면서 마지못해 까땍까땍하는 고개와 함께 "소데스까,"란 한 마디로 코대답을 할 따름이요, 잘 받아 주지 않으매, 그는 또 중국인을 붙들고서 실랑이를 한다.

"니상나을취?"

"니싱섬마?"

하고 덤벼 보았으나 중국인 또한 그 기름 끼인 뚜우한 얼굴에 수수께끼 같은 웃음을 띠울 뿐이요 별로 대구를 하지 않았건만, 그래도 무에라고 연해 웅얼거리면서 나를 보고 웃어 보였다.

 그것은 마치 짐승을 놀리는 요술장이가 구경꾼을 바라볼 때처럼 훌륭한 재주를 갈채해 달라는 웃음이었다. 나는 쌀쌀하게 그의 시선을 피해 버렸다. 그 주적대는 꼴이 어쭙잖고 밉살스러웠음이다. 그는 잠깐 입을 닥치고 무료한 듯이 머리를 덕억덕억 긁기도 하며, 손톱을 이로 물어뜯기도 하고, 멀거니 창밖을 내다보기도 하다가, 암만해도 주절대지 않고는 못 참겠던지 문득 나에게로 향하며,

"어디꺼정 가는 기오?"

라고 경상도 사투리로 말을 붙인다.

"서울까지 가오."

"그런 기오? 참 반갑구마, 나도 서울꺼정 가는데. 그러면 우리 동행이 되겠구마."

나는 이 지나치게 반가워하는 말씨에 대하여 무어라고 대답할 말도 없고, 또 굳이 대답하기도 싫기에 덤덤히 입을 닫쳐 버렸다.

"서울에 오래 살았는기오?"

그는 또 물었다.

"육칠 년이나 됩니다."

조금 성가시다 싶었으되 대꾸 않을 수도 없었다.

"에이구, 오래 살았구마, 나는 처음 길인데 우리 같은 막벌이꾼이 차를 내려서 어디로 찾아가야 되겠는기오? 일본으로 말하면 '기진야드(노동자 합숙소)' 같은 것이 있는 기오?"

하고 그는 답답한 제 신세를 생각했던지 찡그려 보았다. 그때 나는 그의 얼굴이 웃기보담 찡그리기에 가장 적당한 얼굴임을 발견하였다. 군데군데 찢어진 경성드뭇한 눈썹이 올올이 일어서며 아래로 축 처지는 서슬에 양미간에는 여러 가닥 주름이 잡히고, 광대뼈 위로 뺨살이 실룩실룩 보이자 두 볼은 쪽 빨아든다. 입은 소태나 먹은 것처럼 왼편으로 삐뚤어지게 찢어 올라가고, 조이던 눈엔 눈물이 괴인 듯 삼십 세밖에 안 되어 보이는 그 얼굴이 십 년 가량은 늙어진 듯하였다. 나는 그 신산스러운 표정에 얼마쯤 감동이 되어서 그에게 대한 반감이 풀려지는 듯하였다.

"글쎄요, 아마 노동 숙박소란 것이 있지요."

노동 숙박소에 대해서 미주알고주알 묻고 나서,

"시방 가면 무슨 일자리를 구하겠는 기오?"
라고 그는 매어 달리는 듯이 또 재쳤다.
"글쎄요, 무슨 일자리를 구할 수 있을는지요."
 나는 내 대답이 너무 냉랭하고 불친절한 것이 죄송스러웠다. 그러나 일자리에 대하여 아무 지식이 없는 나로서는 이외에 더 좋은 대답을 해 줄 수가 없었던 것이다. 그 대신 나는 은근하게 물었다.
"어디서 오시는 길입니까?"
"흠, 고향에서 오누마."
하고 그는 휘 한숨을 쉬었다. 그러자, 그의 신세타령의 실마리는 풀려 나왔다. 그의 고향은 대구에서 멀지 않은 K군 H란 외따른 동리였다. 한 백 호 남짓한 그곳 주민은 전부가 역둔토를 파먹고 살았는데, 역둔토로 말하면 사삿집 땅을 부치는 것보다 떨어지는 것이 후하였다. 그러므로 넉넉지는 못할망정 평화로운 농촌으로 남부럽지 않게 지낼 수 있었다. 그러나 세상이 뒤바뀌자 그 땅은 전부가 동양척식회사의 소유에 들어가고 말았다. 직접으로 회사에 소작료를 바치게나 되었으면 그래도 나으련만 소위 중간 소작인이란 것이 생겨나서 저는 손에 흙 한 번 만져 보지도 않고 동척엔 소작인 노릇을 하며, 실작인에게는 지주 행세를 하게 되었다. 동척에 소작료를 물고 나서 또 중간 소작인에게 긁히고 보니, 실작인의 손에는 소출이 3할도 떨어지지 않았다. 그 후로 '죽겠다.', '못 살겠다.' 하는 소리는 중이 염불하듯 그들의 입길에서 오르내리게 되었다. 남부여대하고 타처로 유리하는 사람만 늘고 동리는 점점 쇠진해 갔다.
 지금으로부터 구 년 전, 그가 열일곱 살 되던 해 봄에 (그의 나이는 실상 스물여섯이었다. 가난과 고생이 얼마나 사람을 늙히는가) 그의 집안은 살기 좋다는 바람에 서간도로 이사를 갔다. 쫓겨 가는 운명이거든 어디를 간들 신신하랴. 그곳의 비옥한 전야도 그들을 위하여 열려질 리 없었다. 조금 좋은 땅은 먼저 간 이가 모조리 차지하였고 황무지는 비록 많다 하나 그곳 당도하던 날부터 아침거리 저녁거리 걱정이라, 무슨 행세로 적어도 일 년이란 장구한 세월을 먹고 입어 가며 거친 땅을 풀 수가 있으랴. 남의 밑천을 얻어서 농사를 짓고 보니, 가을이 되어 얻는 것은 빈주먹

뿐이었다. 이태 동안을 사는 것이 아니라 억지로 버티어 갈 제, 그의 아버지는 망연히 병을 얻어 타국의 외로운 혼이 되고 말았다. 열아홉 살밖에 안 된 그가 홀어머니를 모시고 악으로 악으로 모진 목숨을 이어가는 중, 사 년이 못 되어 영양 부족한 몸이 심한 노동에 지친 탓으로 그의 어머니 또한 죽고 말았다.

"모친꺼정 돌아갔구마."

"돌아가실 때 흰죽 한 모금도 못 자셨구마."

하고 이야기하던 이는 문득 말을 뚝 끊는다. 그의 눈이 번들번들함은 눈물이 쏟아졌음이리라. 나는 무엇이라고 위로할 말을 몰랐다. 한동안 머뭇머뭇이 있다가 나는 차를 탈 때에 친구들이 사 준 정종병 마개를 빼었다. 찻잔에 부어서 그도 마시고 나도 마시었다. 악착한 운명이 던져 준 깊은 슬픔을 술로 녹이려는 듯이 연거푸 다섯 잔을 마신 그는 다시 말을 계속하였다. 그 후, 그는 부모 잃은 땅에 오래 머물기 싫었다. 신의주로, 안동현으로 품을 팔다가 일본으로 또 벌이를 찾아가게 되었다. 큐슈 탄광에 있어도 보고, 오사카 철공장에도 몸을 담아 보았다. 벌이는 조금 나았으나 외롭고 젊은 몸은 자연히 방탕해졌다. 돈을 모으려야 모을 수 없고 이따금 울화만 치받치기 때문에 한 곳에 주접을 하고 있을 수 없었다. 화도 나고 고국산천이 그립기도 하여서 훌쩍 뛰어나왔다가 오래간만에 고향을 둘러보고 벌이를 구할 겸 서울로 올라가는 길이라 했다.

"고향에 가시니 반가워하는 사람이 있습디까?"

나는 탄식하였다.

"반가워하는 사람이 다 뭔기오? 고향이 통 없어졌더마."

"그렇겠지요. 구 년 동안이면 퍽 변했겠지요."

"변하고 뭐고 간에 아무것도 없더마. 집도 없고, 사람도 없고, 개 한 마리도 얼씬을 않더마."

"그러면, 아주 폐농이 되었단 말씀이오?"

"흥, 그렇구마. 무너지다 만 담만 즐비하게 남았더마. 우리 살던 집도 터야 안 남았겠는 기오, 암만 찾아도 못 찾겠더마. 사람 살던 동리가 그렇게 된 것을 혹 구경했는기오?"

하고 그의 짜는 듯 한 목은 높아졌다.

"썩어 넘어진 서까래, 뚤뚤 구르는 주추는! 꼭 무덤을 파서 해골을 헐어 젖혀 놓은 것 같더마. 세상에 이런 일도 있는 기오? 백여 호 살던 동리가 십 년이 못 되어 통 없어지는 수도 있는 기오, 후!"

하고 그는 한숨을 쉬며, 그때의 광경을 눈앞에 그리는 듯이 멀거니 먼 산을 보다가 내가 따라 준 술을 꿀꺽 들이켜고,

"참! 가슴이 터지더마, 가슴이 터져."

하자마자 굵직한 눈물 두어 방울이 뚝뚝 떨어진다. 나는 그 눈물 가운데 음산하고 비참한 조선의 얼굴을 똑똑히 본 듯싶었다.

이윽고 나는 이런 말을 물었다.

"그래, 이번 길에 고향 사람은 하나도 못 만났습니까?"

"하나 만났구마, 단지 하나."

"친척 되는 분이던가요?"

"아니구마, 한 이웃에 살던 사람이구마."

하고 그의 얼굴은 더욱 침울했다.

"여간 반갑지 않으셨겠지요?"

"반갑다마다, 죽은 사람을 만난 것 같더마. 더구나 그 사람은 나와 까닭도 좀 있던 사람인데……."

"까닭이라니?"

"나와 혼인 말이 있던 여자구마."

"하아!"

나는 놀란 듯이 벌린 입이 닫혀지지 않았다.

"그 신세도 내 신세만이나 하구마."

하고 그는 또 이야기를 계속하였다. 그 여자는 자기보담 나이 두 살 위였는데, 한 이웃에 사는 탓으로 같이 놀기도 하고 싸우기도 하며 자라났었다. 그가 열너댓 살 적부터 그들 부모들 사이에 혼인 말이 있었고, 그도 어린 마음에 매우 탐탁하게 생각하였었다. 그런데 그 처녀가 열일곱 살 된 겨울에 별안간 간 곳을 모르게 되었다. 알고 보니, 그 아비 되는 자가 이십 원을 받고 대구 유곽에 팔아먹은 것이었다. 그 소문이 퍼지자 그 처

녀 가족은 그 동리에서 못 살고 멀리 이사를 갔는데, 그 후로는 물론 피차에 한 번 만나 보지도 못하였다. 이번에야 빈터만 남은 고향을 구경하고 돌아오는 길에 읍내에서 그 아내 될 뻔한 댁과 마주치게 되었다. 처녀는 어떤 일본 사람 집에서 아이를 보고 있었다. 궐녀는 이십 원 몸값을 십 년을 두고 갚았건만 그래도 주인에게 빚이 육십 원이나 남았었는데, 몸에 몹쓸 병이 들고 나이 늙어져서 산송장이 되니까 주인 되는 자가 특별히 빚을 탕감해 주고, 작년 가을에야 놓아 준 것이었다. 궐녀도 자기와 같이 십 년 동안이나 그리던 고향에 찾아오니까 거기에는 집도 없고, 부모도 없고 쓸쓸한 돌무더기만 눈물을 자아낼 뿐이었다. 하루해를 울어 보내고 읍내로 들어와서 돌아다니다가, 십 년 동안에 한 마디 두 마디 배워 두었던 일본말 덕택으로 그 일본 집에 있게 되었던 것이다.

"암만 사람이 변하기로 어째 그렇게도 변하는 기오? 그 숱 많던 머리가 홀렁 다 벗어졌드마. 눈을 푹 들어가고 그 이들이들하던 얼굴빛도 마치 유산을 끼얹은 듯하더마."

"서로 붙잡고 많이 우셨겠지요?"

"눈물도 안 나오더마. 일본 우동집에 들어가서 둘이서 정종만 한 열 병 때려누이고 헤어졌구마."

하고 가슴을 짜는 듯한 괴로운 한숨을 쉬더니만 그는 지난 슬픔을 새록새록 자아내어 마음을 새기기에 지쳤음이더라.

"이야기를 다하면 뭐하는 기오." 하고 쓸쓸하게 입을 다문다.

나 또한 너무도 참혹한 사람살이를 듣기에 쓴물이 났다.

"자, 우리 술이나 마저 먹읍시다."

하고 우리는 주거니 받거니 한 되 병을 다 말리고 말았다. 그는 취흥에 겨워서 우리가 어릴 때 멋모르고 부르던 노래를 읊조렸다.

　볏섬이나 나는 전토는
　신작로가 되고요—
　말마디나 하는 친구는
　감옥소로 가고요—

담뱃대나 떠는 노인은
공동묘지 가고요—
인물이나 좋은 계집은
유곽으로 가고요—
- 조선일보, 1926.1.3.

인향문단이 추천하는 좋은글

- 인향문단 편집부

인격에 대하여

그대여, 깊은 강은 돌을 집어 던져도 흐려지지 않습니다.
사람들의 삶들도 이 강물과 같아서
타인에게 모욕을 받고서 금방 화를 내는 사람은
깊은 강물이 아니라 얕은 물웅덩이입니다.
깊은 강의 인격을 지닌 사람은
모욕을 당하고 조롱을 당한다 해도
자기의 본성을 흐트러트리지 않고
바다를 향해
멀리 흘러갑니다.
때로는 격류가 되어 빠르게 흐르다가도
곧 제자리를 찾아
묵묵히 바다로 흐릅니다.

깊은 강은 바다로 흘러갑니다.

성질이 조급한 사람은 타는 불과 같아서
보는 것마다 태워 버리게 되고,
남에게 은혜 베풀기를 즐기지 않는 사람은
얼음과 같이 차서 닥치는 것마다 얼려 죽이며,
기질이 따분하고 고집 있는 사람은
흐르지 않는 물, 썩은 나무와 같아 생기가 없다.
이러한 사람들은 남에게 도움을 주지도 못하거니와
자기 자신도 복을 길이 누리지 못하리라.
- 채근담 菜根譚

우정에 대하여

우리는 인생을 살면서
정말 많은 시간들을 허비하고 있습니다.
하루하루 바쁘게 살아도 부족한 삶을
서로들 다투면서 허비할 때가 많습니다.

친구관계도 마찬가지입니다.
인생을 살아나가는데 있어
진정한 친구는
참으로 소중하고 중요한 것입니다.

그러나 우리는 무관심 때문에 아니면 이기심 때문에,
진정한 친구를 저버릴 때가 많습니다.
자기 인생에 있어서 지금이라도
늦지 않았습니다.
주위의 친구들을 둘러보십시오.

지난 세월로부터 날마다 놓쳐버린
수많은 웃음들을 생각할 수 있습니다.
왜냐하면 내가 이기적으로
인생의 항로를 비틀거리며 지내왔기 때문입니다.
내가 얼마나 상냥한 말들을 잊어버렸고
나의 무관심이 얼마나 많은 기쁨들을 희생시켰는지
만일 내가 친구들에게
그 당시에 더 친절하게 대했더라면
얼마나 많은 훌륭한 친구들이

오래 전에 내 벗이 되었을까?

그렇습니다.
지금이라도 진정한 친구들에게
친절하게 대하고 관심을 가지십시오.
그러면, 당신의 삶은
더욱 빛날 것입니다.
친구는 자기 자신의
또 다른 모습이니까요.
친구가 빛날 때
내 자신이 더욱 빛을 낼 수 있는 것입니다.

돈을 저축하고, 지붕을 새지 않게 하고,
옷에 모자람이 없게 한다.
그러나 과연 어떠한 사람이
가장 소중한 재산인
우정에 궁해지지 않도록
현명하게 마련을 하고 있을까?
- R. W. 에머슨

자유에 대하여

그대는 자유의 몸이니라.
그러니 그대가 원하는 곳이 있으면 어디든 갈 수 있으리라
다시 돌아와도 무방할 것이며,
돌아오지 않더라도 상관없느니라.
만사가 그대의 마음 하나에 달렸느니라.
- 헤르만 헷세의 단편소설 '시인'에서
한혹의 스승 완전한 언어가 한 말 中에서

우리는 자유의 몸입니다.
그 누가 자기를 구속하는 것이 아니라
자기 자신 스스로가 자기를 구속하는 것입니다.
자기가 진정 자유를 바란다면
그 사람은 벌써 자유로운 몸입니다.
세상일이란 자기의 마음에 달려 있습니다.
자기 스스로가 어떻게 마음을 먹느냐에 따라
세상은 지옥이 될 수도 있고, 천국이 될 수도 있습니다.

그대는 자유의 몸입니다.
그대가 원하는 것에 따라 그 어디에도 갈 수 있으며
또 세상의 어떤 것이라도 될 수 있습니다.
이 세상의 비밀은
각자의 마음속에 숨 쉬고 있는 것입니다.
자기에게 숨겨진 비밀을 푸는 사람은
인생의 참다운 의미를 깨닫는 사람이 될 수 있습니다.
그대는 자유의 몸입니다.

신은 인간을 자유롭게 창조했다.
인간은 그 자신의 힘을
현명하게 사용하는 방법을 배우기 위해
자유롭지 않으면 안 된다.
- I. 칸트

이름에 대하여

그대, 그대는 이 세상에서 가장 아름다운 말은
무엇이라고 생각합니까?
사랑, 희망, 꿈, 연인, 이상, 어린이…
많은 말들을 생각나겠지요.
그러나 세상에서 가장 아름다운 말은
자기의 이름이라는 생각이 듭니다.
세상에 자기의 이름은 자기만 가지고 있는 것입니다.

이 세상의 존재는 바로 독창의 결과이기 때문입니다.
바로 이 세상에서 자기만이 가질 수 있는 것
그 것은 바로 이름입니다.
정말로 자기의 이름은 아름다운 것입니다.
자기의 이름을 아름답게 여기지 못하고
소중하게 생각하지 못한다면
자기의 생을 사랑할 수도 없고
이 세상을 사랑할 수도 없습니다.

그대, 그대는
정말로 자기의 이름을 아름답게 여기십시오.
지금 자기의 이름을 조용하게 불러보십시오.
그러면 이 세상에서 자기 자신이 얼마나 소중한 존재인지를
알게 될 것입니다.

그대, 이 세상에서 가장 아름다운 말은
자기의 이름입니다.

자기의 진정한 이름은 호적부에 등록되어 있는 것이 아니라,
남과 다른 얼굴, 남과 구별되는 목소리,
남과 대조되는 개성과 그 영혼 속에
길이길이 각인(刻印)되어 있는 것입니다.
수십억의 인간 가운데 나의 진정한 이름은 하나뿐인 것이고,
그것은 지문 같은
유일한 생명의 무늬에 의해서
호명될 수 있는 것입니다.
- 이어령 李御寧

인연에 대하여

헤아릴 수 없는 많은 시간들이 흘러
이 세상이 만들어졌으니
그리고 또 헤아릴 수 없는 많은 시간이 흘러
너와 내가 만들어졌으니
이 세상에서 그대와 나의 짧은 인연도
얼마나 많은 시간들이 흘러서 만들어진 것일까?

그러나 우리는 세상을 살면서
사람과 사람 사이의 인연을
소홀히 할 때가 많이 있습니다.
그러나 한 번 다시 깊게 생각해 보세요.
단 한 번만 사는 인생 중에서
다시 돌아오지 않는 어느 한 시간
다른 타인을 만난다는 것은
다시 돌아올 수 없는 시간 속에서
둘 다 소중하게 만나는 것입니다.
그리고 그 인연은 사람이 세상을 살아나가는데
참으로 중요한 자산이며
그 인연으로 인하여
자기의 삶은 더욱 풍요로워 집니다.
그 중요한 인연을
지금이라도 소중하게 여기세요.

우리 사는 세상에서
가장 빛나는 날들이 모여

그대와 나 사이에 인연이 생기니
어찌 소중하지 않으랴.

_____

깊은 물속에 잠기듯이
감정의 밑바닥까지, 인연이 쉬고 있는 밑바닥에 이르기까지
깊은 생각에 잠기었다.
인연을 아는 것은 사고(思考)요,
사고(思考)를 통하여서만 감각은 인식이 되어
소멸되지 않을 뿐 아니라
본질적인 것이 되어 그 속에 있는 것이
빛날 수 있다고 생각되는 것이었다.
- H. 헤세

인향문단이 추천하는 내 인생의 명언

- 인향문단 편집부

불만보다는 만족하는 자세를 가져라

그릇이 차면 넘치고, 사람이 자만하면 한쪽이 차지 않는다. - 명심보감

눈앞의 모든 일을 만족한 줄로 알고 보면 그것이 곧 선경(仙境)이요, 만족할 줄을 모르면 그것이 곧 속세이다. 세상에 나타나는 모든 원인을 잘 쓰면 생기가 되고 잘못 쓰면 살기가 된다. - 홍자성

당신이 만족스러운 마음을 가질 수 있다면 인생을 충분히 행복하게 할수 있다. - 플라우투스

불만은 생활에 독을 섞어 놓는다. 참고 견디는 것은 생활에 시적인 정취와 엄숙한 아름다움을 준다. - 아미엘

풍족한 사람이란 자기가 갖고 있는 것으로 만족할 수 있는 사람이다. - 탈무드

얼굴에서 미소를 잃지 말라

나에게 밤낮으로 무서운 긴장이 생겼기 때문에, 만일 내가 웃지 않았다면 나는 이미 죽은 지가 오래 되었을 것이다. - A. 링컨

마음속에서 즐거운 듯이 만면에 웃음을 띄워라. 어깨를 쭉 펴고 크게 심호흡을 하자. 그리고 나서 노래를 부르자. 노래가 아니면 휘파람이라도 좋다. 휘파람이 아니면 콧노래라도 좋다. 그래서 자신이 사뭇 즐거운 듯이 행동하면 침울해지려 해도 결국 그렇게 안 되니 참으로 신기한 일이다. - D. 카네기

아름다운 의복보다는 웃는 얼굴이 훨씬 인상적이다. 기분 나쁜 일이 있더라도 웃음으로 넘겨보라. 찡그린 얼굴을 펴기만 해도 마음이 한결 편해질 것이다. 웃는 얼굴은 좋은 화장일 뿐 아니라 피의 순환을 좋게 하는 효과가 있다. 웃음은 인생의 약이다. - 알랭

명예의 가치를 알고 명예를 지키는 사람이 되자

가장 훌륭한 사람은 모든 것을 버리고 단 하나를 선택한다. 영원한 명예가 그것이다. 그는 이것 하나만을 취하고 나머지 소멸해버릴 것들은 미리 버린다. 명예를 선택하는 사람이 되자. 명예는 영원히 죽지 않는다. - 헤라클레이토스

명성은 획득해야 하는 것이지만, 명예는 잃지 않으면 되는 것이다. 명성을 잃는 것은 이름을 잃는 소극적인 것이지만, 명예를 잃는 것은 치욕이며 적극적인 것이다. 명예를 잃음은 곧 생명을 잃는 것이다. 명예를 잃었을 때 그 사람은 이미 죽은 것이나 다름없기 때문이다. - 쇼펜하우어

명예 있는 죽음이 삶보다 낫다. 명예는 제2의 유산과 같다. 명예와 이익과 쾌락은 같은 침대에서 자지 않는다. 부정한 일을 하면서 명예를 얻을 수는 없다. 명예는 곧 의무를 뜻한다. 옷은 새 것일 때부터, 명예는 젊을 때부터 소중히 하라. - 푸시킨

모방은 창조의 어머니다

영원한 존재가 아닌 인간에게는 완전히 모순된 가면(假面) 속에서의 엄청난 모방이 있을 뿐이다. 창조, 이것이야말로 위대한 모방이다. - A. 카뮈

인간은 모방적인 동물이다. 이 특질은 인간의 모든 교육의 근원이다. 인간은 요람에서 무덤까지 남이 하는 것을 보고 그대로 하기를 배운다. - T. 제퍼슨

타인의 위엄에 눌러 그를 모방하지 말라. 어떤 사람이든 자신만큼 그 일을 잘 알지도 잘 처리하지도 못한다. - 로버트 H. 슐러

진정한 창조는 신만이 할 수가 있다. 인간이 어떤 새로운 것을 만들어 냈다고 하더라도 그것은 어디까지나 신의 계시에 의한 모방일 뿐이다. - T. 칼라일

모험을 즐기는 사람이 되자

모험은 안정보다 더 위대하며, 삶에는 아직도 개척해야할 영토가 무궁무진하다. - 알렌 코헨

지금이야말로 인생이라고 하는 훌륭한 모험을 이 지구상에서 실행할 수 있는 유일한 기회다. 그러므로 될 수 있는 한 풍성하고 행복하게 사는 계획을 세워 실행해야 한다. - D. 카네기

영적인 생활과 세속적인 생활은 다른 것이다. 사람은 자기 자신을 구하려면 노력해야 하고 모험을 해야 한다. - 익나지오 시론

산다는 것은 죽는 위험을 감수하는 일이며, 희망을 가진다는 것은 절망의 위험을 무릅쓰는 일이고, 시도해본다는 것은 실패의 위험을 감수하는 일이다. 그러나 모험은 받아들여져야 한다. 왜냐하면 인생에서 가장 큰 위험은 아무 것도 감수하지 않는 일이기 때문이다. - 레오 버스카클리아

미움과 증오의 마음을 버려라

선비가 벗을 시기하는 일이 있으면 어진 벗과 사귀어 친할 수 없다. 임금이 신하를 투기하는 일이 있으면 어진 사람이 오지 않는다. - 순자

우리가 미워하는 사람에게 못된 짓을 하는 것은 마치 우리들의 마음속에 그에게 가지고 있는 증오에 기름을 붓는 것과 마찬가지다. 반대로 원수를 너그럽게 대하게 되면 우리들 마음속에 응어리져 있는 증오를 깨끗이 씻어내는 결과가 된다. - 에릭 호퍼

증오는 아주 오래가는 끈질긴 것이어서 병을 앓고 있는 사람이 혹, 병상에서 증오를 떨치고 화해를 한다면 그것은 바로 그 사람의 죽음을 앞둔 전주곡으로 보면 된다. - 라 브뤼이에르

우리가 사람을 미워하는 경우 그것은 단지 그의 모습을 빌려서 자신의 속에 있는 무엇인가를 미워하는 것이다. 자신의 속에 없는 것은 절대로 자기를 흥분시키지 않는다. - 헤르만 헤세

못생긴 항아리

로마의 왕녀가 지혜롭기로 소문난 한 랍비를 만났다. 그런데 랍비의 외모는 보잘것없었다. 왕녀는 랍비의 외모에 비해 그가 가진 지혜가 아깝다고 생각했다. 왕녀가 자신의 외모를 못마땅하게 생각하는 것을 알게 된 랍비는 그녀에게 왕궁의 술이 어떤 그릇에 담겨있는지 물었다. 왕녀가 당연하다는 듯이 술은 항아리나 술병에 담겨 있다고 말하자 랍비는 왕녀처럼 부귀한 사람에게는 어울리지 않는 처사라고 말했다. 왕녀는 그 말을 듣고 모든 술을 금과 은으로 된 그릇에 담게 했다.

그런데 귀한 그릇에 옮겨 담은 술은 점점 좋은 맛을 잃었다. 이에 황제는 술맛이 형편없어지고 있다며 화를 냈다. 왕녀는 그 사실을 알고 랍비에게 화를 내며 따졌다. 그러자 랍비는 웃으며 이렇게 말했다.

"아무리 귀중한 것이더라도 투박한 항아리에 담을 필요가 있을 수도 있습니다."

그제야 왕녀는 자신이 랍비의 외모만 보고 경솔한 생각을 했다고 반성했다.

- 사람의 겉모습만 보고 그 사람의 됨됨이를 판단하는 것은 경솔하다. 이 것은 질박한 그릇이라고 해서 거기에 담긴 것이 보잘것없다고 판단하는 것과 다름없다. 또, 내용물에 따라 아무리 소중한 것이라도 질박한 그릇에 담아야 하는 경우가 있다. 포도주도 그러하지만, 우리나라 전통음식 가운데 고추장이나 된장, 간장 등은 항아리에 담아 보관해야 맛이 더욱 깊어진다. 따라서 사물의 겉모습만으로 그것의 내용까지 판단하는 것은 어리석다.

발타자르 그라시안의 행복을 얻는 지혜

- 인향문단 편집부

사랑은 두 개의 몸속에 깃든 하나의 영혼

진실한 사랑이란 서로의 영혼을 나누는 것이다. 그러므로 사랑의 가치를 아는 자는 지혜롭다. 사랑을 더욱 깊고 아름답게 하는 것은 타고난 지능이나 성격보다는 사랑하는 이에 대한 열정과 헌신이다. 사랑의 가치를 안다면, 그는 자기의 마음에 깃든 것이 가장 귀한 재산이라는 사실도 알고 있다. 그에게 황금과 권력 따위는 사랑보다 하찮은 것에 지나지 않는다.

정신분석학자이면서 사회철학자로 잘 알려진 에리히 프롬(Erich Fromm)은 이런 말을 했다. "사랑이란 두 인간의 결합으로서, 독립성과 통일성에 기반을 둔다. 만약, 통일성이 상실되고 한 쪽의 복종이 강요된다면, 아무리 합리화하려 해도 그것은 피학적 의존에 불과하다." 그는 이런 말을 하기도 했는데, "만약에 어떤 여자가 꽃을 사랑한다고 말하면서 물을 주는 것을 잊는다면, 나는 그녀의 사랑을 의심할 것이다. 사랑은 자기가 사랑하는 대상의 생명과 성정에 대한 속 깊은 마음을 행동으로 나타내는 것이기 때문이다." 이렇듯, 예나 지금이나 현자들이 말하는 사랑의 의미나 가치는 변함이 없다.

누구나 지난날에 대한 회한이 있게 마련이다

어려움에 처하게 되면 누구나 희망과 불안, 빛과 어둠, 성공과 좌절을 오가며 초조해 한다. 누가 보아도 성실하고 뛰어난 능력을 지닌 사람조차도 한숨을 짓게 하는 과거가 있게 마련이다. 회한은 대게 좋은 기회를 놓친 것에 대한 안타까움이다. 기회란 보레아스와도 같다. 그래서 한 번 지나간 자리로 되돌아오는 법이 없다.

※ 보레아스(Boreas): 그리스 신화에 등장하는 북풍 또는 폭풍의 화신. 보레아스는 한 번 지나간 곳으로 되돌아오지 않는다.

미국의 지질학자 로렌스 굴드(Laurence Gould)는 모든 기회는 "그것을 볼 줄 알고 휘어잡을 줄 아는 사람이 나타날 때까지 잠자코 있다."라고 했다. 그래서 기회는 찾아오길 기다리는 것이 아니라, 찾아내기 위해 노력해야 하는 것이다. 또, 미국 텔레비전 선교로 잘 알려진 로버트 슐러(Robert Schuller) 목사는 이런 말을 했다. "모든 장애가 곧 기회다." 그렇기 때문에 기회를 찾기 위해서는 나의 앞길을 가로막고 있는 장애가 무엇인지를 파악하는 것부터 시작하면 된다. 자, 그러니 놓쳐버린 기회를 안타까워하지 말자. 그리고 아직 오지 않은 기회를 무작정 기다리지도 말자.

세상만사가 마음에 달렸다

세상은 어떻게 보느냐에 따라 모습을 달리한다. 똑같은 상황이라 하더라도 어떤 이는 절망한다. 하지만 어떤 이는 오히려 느긋해 하며 다행스러워한다.

만사여의(萬事如意)라는 말이 있다. 모든 일은 의지에 달렸다는 뜻이다. 긍정적인 생각이 용기와 활력을 준다. 또한 여유를 가져라. 여유는 멈추는 것이 아니라 능률을 도모하기 위한 휴식이다. 원효대사가 남긴 말 가운데에도 유명한 말이 있다. 일체유심조(一體唯心造) 즉, 모든 것이 마음이 만들어낸 것에서 비롯된다는 뜻이다.

이런 관점에서 권투선수들의 이야기는 흥미롭다. 뭔가 컨디션이 좋고 자신감이 넘치는 날에는 항상 같은 일이더라도 왠지 더 넓어 보인다고 한다. 반면, 일진이 좋지 않은 날에는 링이 좁아 보인다는 것이다. 링이 넓으면 이리저리 피하며 상대를 요리할 수 있지만, 링이 좁으면 피할 곳이 마땅치가 않아 페이스를 잃게 되기 때문이란다.

태도와 행동을 통제할 수 있어야 한다

우리가 이겨내지 못할 것이 무엇이겠는가. 고통스러운 상황을 맞닥뜨리더라도 자신에 대한 통제력을 잃지 말아야 한다. 위험하거나 파괴적인 사건이 갑작스럽게 발생하면 사람들은 마음이 경직돼 두려움이나 고통조차도 느끼지 못하게 된다. 그러나 이런 상황을 이겨낼 수 있을 때, 비로소 우리는 더 넓은 세계로 나아갈 수 있다.

이순신 장군의 부인 정경부인 방씨와 관련한 유명한 일화가 있다. 방씨 부인의 나이가 12세였을 때, 화적들이 집으로 들이닥친 일이 있었다. 방씨 부인의 부친은 활을 잘 다루기로 유명하였는데, 집안의 일꾼 하나가 화적과 내통해 화살을 모두 없애버린 상태였다. 부친이 활로 화적과 싸우다 화살이 모두 떨어져 방씨 부인에게 방 안에 있는 화살을 가져오라고 소리쳤다. 당연히 화살은 찾을 수 없었다. 그러나 방씨 부인은 침착하게 대처했다. 그녀는 베를 짤 때 사용하는 대나무 다발을 화살인 것처럼 바닥에 던지며 "아버지, 화살 여기에 있습니다."라고 외쳤다. 화적들은 화살이 아직 많이 남은 줄로만 알고 바로 줄행랑을 쳤다.

하찮은 것의 은혜

거인 골리앗을 쓰러뜨린 다윗 왕도 궁지에 몰려 목숨을 잃을 뻔한 일이 있었다. 한번은 적군에게 포위되어 위기에 처한 일이 있었다. 적군은 다윗 왕이 포위망을 빠져나갈 길을 차단하고 수색대를 조직해 포위망을 좁혀나갔다. 다윗 왕은 수색대를 피해 어느 동굴로 몸을 피했다. 그는 동굴에 속에서 적들이 들이닥치지나 않을까 걱정하며 두려움에 떨었다.

그때였다. 작은 거미 한 마리가 동굴 입구에서 거미줄을 치기 시작했다. 얼마나 지났을까, 적군의 수색대가 횃불을 들고 동굴 앞으로 다가왔다. 누군가 얼굴을 들이밀며 동굴 안을 살피려고 하자 얼굴에 거미줄이 엉겨 붙었다. 그 병사는 얼굴에 붙은 거미줄을 걷어내며 이렇게 말했다.

"에잇, 거미줄이 쳐진 걸로 봐서 이 동굴에는 아무도 없어. 다른 곳으로 가보자."

이렇게 다윗 왕은 거미줄 덕분에 목숨을 건질 수 있었다.

- 아무리 하찮은 것이라도 유용하게 쓰일 때가 있는 법이다. 옛말에 "한 자는 길기 때문에 오히려 쓸모가 없을 수 있고, 짧은 한 치라도 오히려 쓸모가 있을 수도 있다"라는 말이 있다. 동양에서는 길이를 재는 단위로 자(尺)와 치(寸)를 사용했다. 한 치는 미터법으로 길이가 약 3.03cm이고, 한 자의 10분의 1에 해당한다. 즉, 이 속담은 길다고 해서 무조건 좋은 것이 아니고, 짧더라도 경우에 따라 유용할 수 있다는 말이다. 그러니 사물의 가치를 함부로 판단하는 것은 어리석다. 일상에서 편리하게 사용하는 현대의 문물 가운데에는 사소한 것에서 비롯된 것이 많다. 예를 들어, 일명 '찍찍이'라 불리는 벨크로는 갈고리 모양의 털을 가진 도깨비 풀을 모방해 만든 것이다. 누군가 평소 귀찮게 여기던 도깨비 풀을 잘 관찰한 결과, 벨크로를 발명해 사람들은 더욱 편리한 생활을 하게 되었고, 이를 발명한 사람은 큰 부를 누릴 수 있게 되었다.

내 마음의 별이 되는 지혜의 책

- 인항문단 편집부

세상에서 가장 강한 것

신심이 아주 깊은 수도사가 있었다. 신도 그 수도사를 항상 아끼며 어떤 소원도 들어주었다. 어느 날, 그 수도사가 길을 가고 있는데 쥐 한 마리가 수도사 옆으로 오는가 싶더니 바닥에 털썩 누웠다. 쥐를 들어 올려 자세히 살펴보니, 그 쥐는 심하게 상처를 입고 죽어가고 있었다. 수도사는 쥐가 가여워 집으로 데려와 치료해주기로 마음먹었다. 그런데 집안 식구들이 이를 반대할 것 같아 고민이 되었다. 수도사는 신에게 그 쥐를 소녀로 변하게 해 달라고 기도했다. 신은 수도사의 기도를 들어주어 쥐를 예쁜 소녀로 변하게 했다. 수도사는 소녀를 치료해주고 아름다운 숙녀가 될 때까지 자신의 딸처럼 돌봐주었다. 소녀가 결혼할 나이가 되자 수도사는 소녀에게 어떤 사람을 남편으로 맞고 싶은지 물었다. 소녀는 세상에서 가장 강한 자와 결혼하고 싶다고 말했다. 수도사는 세상에서 가장 강한 자가 누구인지 한참 생각했다. 생각 끝에 내린 결론은 세상에서 가장 강한 자는 태양이었다. 수도사는 태양을 찾아가 외쳤다.

"태양이시어, 세상의 만물은 당신의 온기와 빛으로 살아가고 있으니 당신이 세상에서 가장 강한 자입니다. 제 딸이 가장 강한 자와 결혼하기를 원하니 그 뜻을 받아주소서."

태양은 수도사의 외침을 듣고 이렇게 말했다.

"신께서 가장 아끼시는 수도사여, 그대의 뜻은 잘 알겠지만 세상에서 가장 강한 자는 내가 아니라네. 내가 아무리 강해도 구름에 가리면 힘을 잃고 말지. 구름대왕을 찾아가 보게나."

수도사는 구름대왕을 찾아가 자초지종을 말했다. 그러자 구름은 이런 말을 했다.

"내가 강하기는 하지만 나는 바람 앞에서는 꼼짝을 못하지. 바람이 불면 나는 힘없이 흩어지거든. 아마도 세상에서 가장 강한 자는 바람일 걸세."

수도사는 구름대왕의 말을 듣고 바람을 찾아가 자기 딸과 결혼해 달라고 외쳤다. 하지만 바람 역시 자기가 가장 강하지 않다며 이렇게 말했다.

"바람인 내가 아무리 강해도 산이 가로막으면 나는 아무런 힘도 쓸 수 없다네."

수도사는 산에게 다가가 다시 딸과 결혼해 달라고 외쳤다. 하지만 산도 자기가 가장 강한 자가 아니라고만 답했다.

"내가 아무리 크고 강한들 세상에서 가장 강한 자는 내가 아니라오. 내 몸에 구멍을 내는 쥐들은 작지만 나는 이들에게 속수무책이라오. 나보다 강한 것은 쥐요."

결국, 수도사는 신에게 소녀를 다시 쥐로 변하게 해달라고 기도했다. 소녀는 다시 쥐가 되어 쥐구멍에 사는 쥐와 결혼했다.

- 독불장군이라는 말이 있다. 즉, 혼자서는 장군이 될 수 없다는 뜻이다. 아무리 훌륭한 장수라 하더라도 그를 따르는 무리가 없다면 아무것도 할 수 없다. 그래서 사람은 다양한 사람들과 두루두루 잘 어울리며 타협할 수 있는 능력이 필요하다. 흔히, 독불장군은 무슨 일이든지 자기 멋대로만 하려는 사람을 의미하기도 한다. 이런 사람들은 다른 사람과 화합하지 못해 따돌림을 받기 마련이다. 하지만 세상에는 결점이 없이 완벽한 사람은 존재하지 않는다. 나의 결점을 보강하기 위해서는 반드시 또 다른 장점을 지닌 사람과 협력하지 않으면 안 된다. 그래서 '독불장군은 없다'라고도 한다.

다양한 사람들의 다양한 문학 작품을 기다리고 있습니다. 인향문단의 인향처럼 인향문단은 사람냄새 물씬 풍기는 서로가 소통하고 공감할 수 있는 문단을 추구합니다.

인향문단 원고 모집

인향문단에서 다양한 분야의 작품을 모집합니다. 인향문단은 전문작가는 물론 생활 속에서 자신이 체험한 글을 진술하게 쓰는 이름이 알려지지 않은 작가분들의 글들도 환영합니다. 앞으로 우리 문학을 풍성하게 할 여러 작가를 발굴하여 소개할 것이고 또한 같이 소통하고 공감할 수 있는 글들을 지속적으로 게재해 나갈 것입니다. 관심이 있으신 분들의 많은 투고를 바랍니다.

시·소설·수필 등 다양한 분야의 글들을 모집하고 있으니 많은 응모 바랍니다.

모집분야 : 시, 소설, 수필 등 제한없음.
대우 : 채택된 원고는 인향문단에 수록, 인향문단의 전문작가로서 대우를 해드립니다.
분량 : 시는 5편 이상, 소설은 단편 1편, 수필은 2편 이상 그리고 다른 분야는 글의 성격에 따라 적당한 분량으로 보내주시면 됩니다.
마감 : 수시모집

투고방법 : 이메일 및 인향문단 밴드를 통하여 원고 투고 가능합니다.
email : khbang21@naver.com
밴드 : 인향문단(밴드를 통하여 원고를 보내주실 분은 초대장을 보내드립니다.)
연락처 : 인향문단 편집장 방훈 010 2676 9912

기타 : 참고적으로 원고를 심사하는 시간과 그 후에 편집회의를 통하여 결정하여야 하기에 시간이 조금 소요됩니다. 그리고 인향문단의 발행은 아직까지 부정기 간행물이기에 실제 출판이 될 때까지는 많은 시간이 필요로 할 수 있습니다.

도서출판 그림책에서 귀하의 출판을 도와드립니다!!!
어떤 분야의 책이든 도서출판 그림책을 거치면
책의 품격과 가치를 높여 드립니다.

연락처 TEL(010)2676-9912 / khbang21@naver.com

Copyright C.도서출판 그림책. All rights reserved.